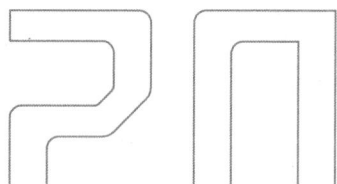

语言的
边界

周瑟瑟　主编

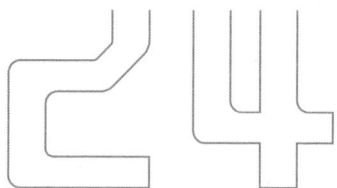

百花洲文艺出版社
BAIHUAZHOU LITERATURE AND ART PRESS

图书在版编目（CIP）数据

语言的边界：2024年中国诗歌精选 / 周瑟瑟主编.

南昌：百花洲文艺出版社, 2025. 4. -- ISBN 978-7

-5500-5924-5

Ⅰ. I227

中国国家版本馆CIP数据核字第20250BR947号

语言的边界：2024年中国诗歌精选

YUYAN DE BIANJIE:2024 NIAN ZHONGGUO SHIGE JINGXUAN

周瑟瑟　主编

出 版 人	陈　波
责 任 编 辑	余丽丽
书 籍 设 计	方　方
制　　作	何　丹
出 版 发 行	百花洲文艺出版社
社　　址	南昌市红谷滩区世贸路898号博能中心一期A座20楼
邮　　编	330038
经　　销	全国新华书店
印　　刷	湖北金港彩印有限公司
开　　本	720 mm×1000 mm　1/16
印　　张	21.75
版　　次	2025年4月第1版
印　　次	2025年4月第1次印刷
字　　数	280千字
书　　号	ISBN 978-7-5500-5924-5
定　　价	52.00元

赣版权登字 05-2025-150

邮购联系　0791-86895108

网　　址　http://www.bhzwy.com

图书若有印装错误，影响阅读，可与承印厂联系调换。

突破语言的边界

周瑟瑟

AI时代诗人何为

AI时代诗人何为？首先要明白你是一个诗人，这一点很重要。不要在AI面前放弃你写作的权利与尊严，因为你是一个诗人，你有想象的自由，如果你舍弃了想象的自由就失去了写作的权利与尊严。

当我提出"语言的边界"，实际上承认了我们想象的边界，但想象是没有边界的，也就是说语言没有边界。如果有边界也只是暂时的，只有人类认知的边界，想象的贫乏决定了语言的边界。诗是想象，诗可以突破想象的边界，从而获得语言的恩惠。

人工智能会取代你的想象吗？写诗让你享受想象，作为有灵魂的肉体人，我们写下了人类的想象，我们有鲜活的舌头、牙齿与嘴唇，我们能说出诗的语言。而AI作为虚拟人，正在创造新的文明，去人类中心主义已经开始。突破语言的边界，诗意地栖居于大地是人类的梦想。

一年又一年，此前我与邱华栋一起编选了七年《中国诗歌排行榜》，很多读者与诗人对此是期待的。每一年我们都有新的编选思路，提出过引起大家关注的诗学问题。现在又来到一个新的历史节点，人工智能正在改变我们的生活，诗人何为？

诗歌文脉与绵长气息

《语言的边界：2024年中国诗歌精选》以"重构经典"开篇，有一种雪夜围炉夜话的气氛，读读这些人的诗，仿佛看到他们深沉的面孔。他们写作多年，贡献了不少经典文本。"经典"只是一种总结式的说法，当代诗歌失去了标准，或者说各种标准交叉构成了混杂不同的标准。相对意义上的"经典"或者"经典写作"，可以唤起我们对当代诗歌种种境遇的回忆，此辑的目的在于此。

第二辑"先锋之树"，我所要强调的是先锋像一棵树在不断生长。他们的写作是对原有诗歌语言的反抗，重建崭新的语言与想象，突破语言的边界是他们的使命，在一定程度上他们做到了。纵然是一棵大树，他们也要在风中疯狂甩动身体。

徐江在《侍病集句》里如此写道："我们有幸在父母的暮年/看见自己变形的幼年。"让人怦然心动，生命意识在徐江这里是具体可见的。

杨黎写了《害怕》，他三岁时因外婆不见了而大哭，"在隔壁聊天的外婆/一下冲出来/把我抱在/怀里/直到一股茉莉花茶的香味/弥漫在我的四周/我才安静下来"。这是"废话"诗人杨黎的"废话"。一代人的爱与害怕并不是杨黎最关心的，他在诗的最后以"一股茉莉花茶的香味"介入爱与害怕之中，是"一股茉莉花茶的香味"使他安静了下来，这才是"废话"诗人的写作观念。从心理学的角度来推测，"一股茉莉花茶的香味"或许是一个成都男人一生的方向，茉莉花茶式的女性气味影响了诗人的肉身反应，沁入了他幼小的心灵，使他安静下来。

第三辑"诗人中的诗人"，我所强调的是在语言里的诗人，而不是在语言之外的诗人。我把诗人分成这两类。臧棣、余怒无疑是难度写作的典范。

《雪夜加冕礼简史》《白雪剧院简史》散发出臧棣迷人的语言魅力，这是AI无法取代的语言，因为臧棣的语言逻辑是他个人创造的，而不存在于任何人的写作里。AI能够抓取臧棣的语言元素，但无法获得臧棣语言的肉身的气息，他的语言是他的灵魂的呼吸，离开了他的灵魂就离开了诗，就不是他的诗了，只是一个模仿臧棣语言之外的被叫作诗的外壳。

在《文学论或孤独论》《我们和幽灵们》里，余怒肢解传统语言，建构语言乌托邦。"何况众所周知，文学自身也有/恶化的倾向：形象地说，文学作为你的视觉器官，/有可能是一个肿瘤（比方说泪腺瘤）。"诗人是预言家，更是新的语言边界的勘探者。余怒有他自己的诗歌语言世界，所以我说他是另外那一个诗人，而不是一群诗人中的那一个。

柏桦的《羞愧》是为一个朋友写的，《家庭生活》是写给母亲的。他是张枣时期的老诗人了，他并没有迷恋早期贵族式的语言风格，而是重新进入个人史写作，但他的个人史里总有大历史的风暴，他开创了"第三代诗歌"另外一条史记之路。作为"诗人中的诗人"，他们不仅为当代诗歌贡献了语言的黄金，而且保持了当代诗歌的一条文脉与绵长的气息。

在AI大数据疯狂来袭的时候，我尤为看重来自"诗人中的诗人"的这种诗歌的文脉与绵长的气息。

突破语言的边界

第四辑"少数实验室"，我想强调当代诗歌的"实验精神"，记得1987年唐晓渡、王家新编选过一本《中国当代实验诗选》。上世纪80年代是诗歌启蒙的年代，一切都可以实验，诗歌是语言的实验，电影、音乐、小说等都有"先锋"与"实验"强大的基因。不知从何时起当代诗歌的实验性没有了，很多人认为现在已经不是"先锋"与"实验"的诗歌时代了。估计一些年轻诗人对于当年的"先锋"与"实验"都没有什么印象。

车前子这一个老诗骨，在《天气预报》里写道："蜻蜓来这里赶集。/我第一次看到蜻蜓表情：/居然愁容满面，/惊讶之余，//留意其他的，悲伤的，哭泣的，呼喊的，/脸，脸，脸，/脸上世界，/记号——器械——机会。"事实证明，他是为"实验"而生的，从他的成名作《三原色》到现在的每一行诗，都充满了实验的基因。他的实验是以反抗第三代诗作为起点的"文字主义"，通过他在语言诗的实验写作达到了抗翻译性写作。他最新出版了《底片：车前子实验诗选》，为当代诗歌的实验积累了丰硕的成果。

孙文波从另一个维度进行实验，他的实验不是针对单一的词语，而是构筑一个语言叙述的圈套，让真实获得一个多维度的呈现。他的《新山水诗》是向华兹华斯致敬之作，是他对语言复杂性的追求。生于1956年的孙文波进入了"晚年写作"，但也是一种重新开始的新的写作。天真、激情、澄明、清澈，这是晚年的孙文波。

在语言中创造奇迹

第五辑"孤独写作"，收录了太阿、赵原、赵卡、叙灵、横、梦天岚、大头鸭鸭等"70后"诗人的作品，他们有一个特点就是我行我素，只写自己的，在他们的写作生涯里，孤独是一种品质，不随大流，保持内心的定力。孤独是他们的本色。

太阿在2024年度与哥伦比亚作家联盟主席格拉纳多斯先生，同获第九届卡丘·沃伦诗歌奖诗人奖，我在给太阿的授奖词中这样写道：他在语言中创造奇迹，他从"证词与眷恋"中开始"一个苗的远征"，在"漂移的镜像"里长久地飞行，他唱着"汨罗江狂歌"，一身硬骨，带着与生俱来的屈原楚辞与山鬼的巫气，以多年积淀的破坏与重构的勇气，在中国南方固执地写出全新的语言、结构、节奏与气息的与众不同的诗歌文本。

太阿在《豹变》中"想着如果拒绝一切隐喻象征会怎样/这时候一只豹子从林中窜出来"，这是他人到中年的"豹变"，绕过语言的迷宫，突然杀入戏剧性写作。"你停在树枝上坚信树枝不会断/豹子会爬上来吗如何用美来对抗/然后落地呢只有一个办法/自己也变成豹子。"太阿的"豹变"并不意外，他伺机而动，他一直在语言的后现代性里写作。《豹变》给人带来了荒诞又刺激的阅读效果。

赵原持续了他自上世纪80年代就开始了的语言实验，他是一个诗歌的老先锋派了。他的《如果酒杯中突然注入泥浆，你是否会敲响赭石》有他一贯的荒诞又刺激的美学标准。《未见壮士归故乡》展现了另一番场景："战场如此寂静/海水吸收了天空的颜色/多么蓝　海水在后退/谁见壮士归故乡。"他的诗有辽阔的死亡背景，有清晰的故事与人物，有生活第一现场的细小的信息，他保持了长久的崭新的孤独的写作者的形象。

幻觉现实主义的梦境

第六辑"幻觉写作"，我想强调幻觉现实主义。莫言获诺贝尔文学奖时的获奖理由是：通过幻觉现实主义将民间故事、历史与当代社会融合在一起。幻觉现实主义和魔幻现实主义有所不同，前者更多是梦境或幻想。

梁平写出了生死的幻觉，他在《线上清明节》里听到了逝去的父亲的"一声咳嗽"，平静地呈现个人的伤痛。诗是一种幻觉，通过幻觉来疗伤。

读张执浩的《趋光性》，"窗外都是一个沉重的世界/大家都想看看今天的/战火又蔓延到了哪里/稍后我会退回来，独自感受/地球上的不平等"让我想到保罗·策兰所说的"诗歌是深入语言晦暗处的光，以断裂的语法质问历史苦难，抵达'不可言说的领域'"。《在林中假寐》里他写道："我在爱过后变得松弛/身体缓缓下坠如叶片。"他始终坚持轻言细语的诗歌语调，带着幻觉现实主义的梦境，写出心中的爱。

周艺文在《眼睛的作用》里说出"没有光芒的世界/人　都成了瞎子"。人是趋光的肉身，是追求光芒的灵魂，肉身人类与AI的区别就在于此。爱的痛感来源于肉身人类，虚拟机器人可以通过大数据来捕获肉身的感受。诗人的职责是必须诚实地表达爱。

读到肖歌的《动物园赏月》，"我从动物们眼睛看到的/分明是月光下各自的故乡/还有眼眶里含着的泪光"，让人触目惊心。肉身人，动物，虚拟人，这三者可否在爱的幻觉里统一呢？

在语言中认识自己的局限

第七辑"真的尺度"是女性诗歌。女性诗歌写作队伍庞大，要从中选出最新最好的作品并不容易。

王小妮的写作践行了"真的尺度"，这是一种黄金般的诗歌品格，更是一种诗歌精神标准。"大雁真的排成了人字/队列上下扑动/忽然贴近湖面/也许希望有谁能加入它们/可是这儿没有人了/带走我已经不可能/我离开我的身体/不知道多久了。"读王小妮这首《大雁经过》，我读出了难言的悲伤。这就是诗的命运。

女性写作是灵魂的写作，王小妮表面的波澜不惊下面是灵魂的颤抖。她的《鸽子》："我下楼梯，它下楼梯/我去水边，它跳到水边/不怕人，不说话，也不离开/那鸽子一步步走近/像要靠过来保护我/我拔草的时候/它灰闪闪的眼睛一直侧望/这么心事重重/不怕把我惊飞了。"及物的状态，冷静的叙述，直抵灵魂的要害。

我注意到首都师大教授孙晓娅最新出版了《中国女性诗歌史》三卷本，对中国女性诗歌写作进行系统的梳理与总结。女性诗歌写作在中国当代诗歌史中有着重要的地位，从20世纪40年代郑敏先生那一代诗人的女性意识，到"朦胧诗"时期舒婷的女性意识的觉醒与对自由的呼喊，再到上世纪八九十年翟永明、海男、唐亚平的"黑夜意识"。她们为"真的尺度"而写作，"真"是一条永恒的道路。

到了"80后""90后""00后"女性写作者这里，"真的尺度"是个体对语言的挑战。李美贞的《局限》："在语言中/认识自己的局限/我垂下眼帘/火红的帆船像牡丹花一样盛放/潮水与浪花/白天与黑夜/在宇宙中翻转交替/轻松/自如/没有局限。"在语言中认识自己的局限，新一代女性看到了语言的局限，但她同时看到"没有局限"的是"潮水与浪花/白天与黑夜"。"黑夜意识"在李美贞这里得到了新的传递。

直觉产生新的诗歌语言

第八辑"诗的孩子"，我想强调的是直觉产生新的诗歌语言，那就是孩子的诗歌语言。孩子与成年人的诗歌语言是两个完全不同的系统，孩子的诗歌语言是直觉语言，而大多数成年诗人的诗歌语言是书面语，是理性的语言。

"00后""10后"孩子们的诗歌写作，完全是民间口语的写作。因为年幼的孩子只能用口语，还不能大面积使用书面语，尤其还在特别年幼的时候，他们本来就没有过多的知识积累。孩子的诗歌是人类面对语言世界时的自动的写作，是生命直觉的结果。

朵朵的《眼疮》："疮长在身上只是疼/我生来第一次患上眼疮/人一分钟眨二十多次眼睛/每眨一下眼睛就疼一下/每眨一下眼睛/看到的世界也疼一下。"孩子的直觉语言太厉害了，孩子从直觉上升到理性的判断。

《风死了》这首只有一行的诗，是何孝乔在两岁时看到风扇突然不转到他那一边，他吹不到风的时候脱口而出的："风是不是死了？"这就是直觉诗歌语言。

八岁的朱雨晗质疑："八卦岭/为什么叫八卦岭/是因为山里有很多八卦吗。"四岁的王星允问："妈妈/浴缸里的鱼为什么一直在喝水。"向世界发出疑问是孩子的天性。诗就是向世界发出的疑问。

对世界的怜爱，在孩子的心里与生俱来。四岁的王星捷写《树的生命》："树叶得了光头病/我在想它什么时候才能好起来/当我看到了它身上的营养袋/我就放心了。"孩子放心的是树的生命，这就是源于爱的诗。这是人类区别于AI的地方，是诗存在的意义，也是孩子开始写诗的意义。

童诗无忌，八岁的王清扬这样写雾："追着雾往前走/雾都吓跑了/爷爷你看/那些人的魂/都丢在身后啦。"从这首诗，我确信孩子可以看见大人看不到的东西。

八岁的何筱柚写她流鼻血："半夜我流鼻血/我的枕头和被子/都生病了//早上起床/妈妈把枕头跟被子/放到洗衣机里面/去治疗。"孩子认为是"枕头和被子/都生病了"，这是诗的思维方式。何筱柚另一首《想》："小baby想上幼儿园/幼儿园的想上小学/小学的想上班/上班的想退休。"孩子幽默好玩的语言，深刻而令人醒悟。

姜二嫚与铁头十七八岁，开始向后现代性写作转型。姜二嫚刚刚出版了新书《在星星的背面漫步》，我为该书写的序的题目是《荒诞、变形、间离、异化的新一代文学》，这是我对"00后"诗人转型的观察。

铁头的《涉灵题》："这是一道涉灵题/不打雷只有闪电的天空是没有灵魂的。"语出惊人，我将之归入后现代性写作。

从本辑收录的孩子的诗，可以考察他们语言的演变过程，从两岁到十八岁，诗歌直觉意识随着年龄的增长逐渐在降低，理性思维在上升。这些年幼的写作者，他们上了学之后就会慢慢失去口语与直觉，直到最后被知识吞没，甚至有可能成为知识的奴隶。这是要引起我们反思的问题：为什么孩子上了学，读了更多的书之后就不会用口语了，不会以直觉的方式写作了呢？到底是相信直觉还是相信二手的知识？

可以肯定的是陈腐的诗歌语言与写作方式，在"00后""10后"某些天才孩子的直觉写作里终结了。

最后我想说，在AI算力加速爆发的时候，诗歌让人类得到了短暂的沉思。诗是情感与认知的艺术，诗让人类不会迷失自己的灵魂。

2024年12月20日于深圳香蜜公园

目 录

第二辑 先锋之树

第三辑　诗人中的诗人

第四辑 少数实验室

第六辑　幻觉写作

第七辑　真的尺度

第八辑　诗的孩子

13

第一辑

重构经典

王　家　新　诗　选

羞愧

"世界的存在是为了一本书"，这是我们这些人
过去常引用的马拉美的名言，
但为什么我们不去想想诗的存在
也正是为了世界？

晴雪

晴雪。远处教堂披雪的尖顶，路边一丛丛
带着冰屑的草丛，
我手中这杯星巴克咖啡冒出的热气，
还有马路牙子上那些散落的未经碾压过的
坚硬如小小卫兵的透明盐粒，
以及洛厄尔诗中那个最终未发出的元音，
都让我感到了你——你这压低了的
来自整个大西洋的冰风……

西 川 诗 选

好像什么也没有发生

每个人的时间都在缩短：
衰老。疾病。一天不等于另一天。
我和别人吵了一架，在街上，
但好像什么也没有发生。

好像阳光不是直直地照射，
好像远处的叫喊只是幻觉，
好像风声只有和尚能听到，
好像什么也没有发生。

手凉脚凉时，坚持余温即是大事。
错愕也等闲，糊涂也等闲，
我和自己吵了一架，无人看见，
好像什么也没有发生。

你觉得

你觉得星星相聚是否必然？是百年之必然抑或一年之必然？

若星星相聚并非必然，那你和你的同学、同事相聚是否偶然？

星星转身，能否看到你被干净的床单解放、被一池热水洗净？

星星不转身，盯着你，你会否转过身去，不看它们？

星星之间是亲戚吗？你和你的亲戚之间像星星一样无语吗？

星星之间无语而默契，是否就是我们称为"道"的宇宙规律？

这"宇宙规律"在人间或许可以被称作"黑灯瞎火的爱"，

或者百虫坦然、万木安然之时千人一面的"伦理"。

当乌云蔽天、蚂蚁们惊慌失措，星星的表情会否略微异样？

你能看到星星的异样吗？你敢遁身黑暗变成星星一颗吗？

扫帚轶事

在我一小块客厅的中央
忽然斜躺着
一尊扫帚

我知道那是扫帚
来回踱步的日子
终成岁月
我的脚步曾经踩到过它
我知道那是扫帚

终于有一天
那尊斜躺着的扫帚几乎将我绊倒
绊倒推动思维
应将扫帚扶起来才对

扫帚靠到墙角的瞬间
我回头看时
扫帚仍旧倒下
我应该拎着扫帚来回踱步

一个拎着扫帚踱步的人听到了喝令
还不赶快把地扫扫

勤劳诞生了
我从自家室内扫到门口
听到邻居老者在说
楼道终于有人管了

这意思在说
楼道上花盘上的霜
也要精心抖掉

一尊扫帚的深意
令我一直扫到门栋的门口

已经下雪了
我在雪地上涮涮扫帚
准备回首

北风拂送着另一个门栋里一位老者的
叹息：
各人自扫门前雪

陈　先　发　诗　选

若缺[①]书房

一本书教我，脱尽习气，记不得是哪一本了。
一个人教我熟中求生，我清楚记得，在哪一页。
夜间，看着高大昏暗的书架，忽然心生悲凉：
多少人，脸上蒙着灰，在这书架上耗尽。而我，
也会在别人的书架上一身疲倦地慢慢耗尽。
有的书，常去摸一摸封面，再不打开。有的虽然
翻开了，不再推入每一扇门，去见尘埃中那个人。
听到轻微鼾声，谁和我紧挨着？我们在各自的
身体中陷落更深，不再想去填平彼此的深壑。
冬天来了，院子里积雪反光，将书架照亮了一点。
更多的背面，蛛网暗织。在这儿幽邃纠缠的
因果关系，只能靠猜测才可解开，而我从不猜测。
昨天，在天柱山的缆车索道上，猛一下就明白了：
正是这放眼可见却永不登临的茫茫万重山，我知道
"它在"却永不浸入的无穷湖泊，构成世界的此刻。
哪怕不再踏入，不能穿透，"看见"在产生力量。
有时，我们要穷尽的，只是这"看见"的深度。

①若缺：作者书房之名。

登燕子矶临江而作

下午四点多钟，登高俯瞰大江
今天是个细雨天
水和天
呈现统一又广漠的铅灰色
流逝一动不动
荒芜，是我唯一可以完整传承的东西

脚下山花欲燃，江上白鹭独翔
这荒芜，突然有了刻度
它以一朵花的燃烧来深化自己……
江水的流逝一动不动
坐在山间石凳上的，似是另一个我

诗人暮年，会成为全然忘我的动物
他将以更激烈的方式理解历史
从荒芜中造出虚无的蝴蝶，并捕捉它

胡 弦 诗 选

雀舌

春山由细小的奇迹构成。
鸟鸣，像歌儿一样懂得什么是欢乐。

那时我去看你，
要穿过正在开花的乡村，知道了，
什么是人间最轻的音乐。

花粉一样的爱，沉睡又觉醒。
青峦在华美的天宇下，像岁月的宠儿，
它的溪流在岩树间颤动。

吻，是挥霍掉的黄昏。
桌上，玻璃水杯那么轻盈，就像你从前
依偎在我怀中时，
那种不言不语的静。

江水

浑浊的江水，浑浊，奔涌
它的躯体里从未埋藏过梦想，
从未有一滴水为我们
开口说话。

只有我们自身的血液
在苦苦滚动。
只有无意义的到来和流逝，
只有我们内心的大海接纳了，
带着沙子，艰难水族，落日余光和夜之黑沉的
滔滔源头。

李 元 胜 诗 选

芦苇

一根笔直的芦苇
用它的空心教育了我

我们脆弱的现实
紧密环绕着的究竟是什么

那不是现实，也不是虚无
它拥有形状，仿佛某种透明的容器

能收下所有不具有重量的事物
比如人类的知识

比如美，哦，它不需要这个
它拥有自己的美，而且很固执

你看不见它，即使你折断茎秆
但是你知道它存在

因为风吹过来的时候
会从那些伤口，送出来某种低啸

茫茫无边的事物

都在借助它的声带，讲述自己的故事

仿佛，它们和人类
共同拥有一个深邃的倾听者

我们的爱

我们的爱
已不属于我们

它像隐形的作品
比如乐曲
但即使它经过一架钢琴
也不再发出轰鸣

它停留在苹果树上
就是我们经常看到的那棵
每当果实坠落
它都随之坠落
一次又一次

无从阅读，无法演奏
也无法让它继续
但我知道它还在
在不再打开的书里
在深夜的窗外

就在此刻，当我们无语相对
它正经过墙上的挂钟
我看到钟摆有轻微的抖动
是的，它经过时
让整个世界为之短暂停留

杨　键　诗　选

枯枝

我走到哪里枯枝就跟到哪里，
在大风吹了一夜，
枯枝早已落满的山路上。
有人用绳子拴住那棵枯死的大树。
我的清新是将要来临的秋风的清新。
当那些枯枝被清理干净的时候，
我也跟着干净起来。
但是有一根枯枝还在树头上等着，
人所从未见过的一只鸟的到来。

一只猫

我听见深山里的一只猫叫，
恍然看见它的白眉毛拖到脚上。
那叫声飘忽诱人，忽远忽近，
我看不见它，它能看见我，
虽然它的白眉遮住了它的眼睛，
但我依然感受到一双炯然有神的眼睛，
我听见了一种如猫一般的柔软思想。

唐　晓　渡　诗　选

透明性

一棵树长在那里。一只鸟匆匆掠过。
我看见。我说出。然后归于沉默。

无可争辩，也就谈不到透明。

你打来一桶水，水质浑浊，
大把的明矾撒下去，搅动，

倒映的天空，载不动鱼群的身影。

一双空空妙手，就能把玻璃变成洗耳泉？
唉，透明透明，多少公然的谎言假汝之名。

落地窗上，赫然一只肥硕的苍蝇。

耿 占 春 诗 选

遥远的夏天

遥远的夏天，瓜秧搭起的
凉棚，金黄的东南风

一只苍蝇。扇子，药瓶
咳嗽的母亲。寂静的血

遥远的，午后读书声
单调的复句，贫穷的音节

植物的气味，荆芥，天使的
气息，薄荷，葵花和血

母亲的咳嗽。遥远夏天的
童声合唱，献给速朽的神
远逝的河，碎石的急流
水草，伏下又卷起

一个孩子，坐在河湾
清凉的石块，模糊的悲伤

薄荷，荆芥，清凉的
空气，葵花的盘已折断

遥远的阵雨，人世的秋风
吹过，夏天的血和雪

陈 东 东 诗 选

曙光

暗藏玻璃球内部的晴沙
墙底深埋的一对对瞳仁
孤岛橡树上石虎鱼垂落
大大小小的冰山沉浮

当我已死，通体明澈的
蓝玫瑰之鹰的锋利趾爪
将我抠紧，炫耀的翅膀
遮住了我……现在轮到了

它们逃离：水和大气
钻石塔尖刺破的白昼
那循环周行的突然休止
再也不会从眼前上升

黑暗未及覆盖的地方
有谁还活着，仍在对我
指指点点，当我已死
回归地脉透望着人世

我会仰见影射的魔法师

另一种骑手，变幻一张张
白银的脸，黄铜的脸
身体如一件玄衣瘦削

他奏弄驱驭新晋的亡灵
让箭镞埋没进顽石
令雨滴把屋瓦击穿
他避免照见生面的灰镜

照见我眼眶里隐映的曙光

谭 克 修 诗 选

日落棋子湾

落日挂在九月十七日傍晚的窗外

被一片海往下拖拽

顺着落日的方向

我用意念

把目光往更远处延伸

好像一瞬间

戴上了高倍望远镜

看到落日没有在海水里沉没

看到海的对面

一个越南人，站在凌晨的海岸

朝着我这边张望

等待九月十七日的太阳

从这边升起

不知他有没有看到

我推开玻璃

在阳台上反复察看

这轮红日今天留下的线索

棋子湾的黄昏

这六百万株木麻黄

掩盖下的荒滩

这取之不尽的凉风

和喧嚷

这壮美的落日

这些淹没落日的海水

或泡沫

这些对着落日发愣的人

或赞美的人

都是健忘的

请那位名叫折彦质的将领

过来清场

将苏东坡的文章

刻成碑文

留在临近的峻灵王庙里

李 赋 康 诗 选

轻重之间

早上起来，你觉得身体比较轻

到了傍晚，你觉得身体开始变重

当你轻的时候，你希望更重

当你重的时候，你希望更轻

轻重之间，太阳落下

天空关闭，你仿佛看见

刚好有一只鸟从宇宙的锁孔飞出来

降落江边树上，更远处

蛙声齐鸣，似乎有鱼在轻叹

春天来了，春在哪里

然而

北方有雪

南方有关于雪的回忆

如果你此时在南方

她肯定不在北方

东方有海

西方有河

如果你没有海洋的词汇
如何翻译她的江河

然而，我们不知南北
只有东西
我们手握一个东西，躺下
听见天使起床的声音

任 白 诗 选

落叶在墙上写我的名字

落叶在墙上写我的名字

秋天的最后一批访客

沉痛而又热切的亲人

你们叶脉一样深刻的笔迹

勒住浓雾般的魂魄

你们在炉火里喂养冬天

在灰烬里喂养我

而我的名字将出现在下一个秋天

出现在火吞咽叶脉

喉咙里发出赞颂的时刻

传说

时间中藏着很多道路

花蕊里驻着一个天国

花粉的云雾、颤动的王座

一切都和创世有关

和宇宙的初始动机

彼此嵌合

花瓣的舌头、土地的传说

那个午后
我在水边听见有人唱歌
我们相视而笑
说歌声里有事发生
有人路过

　　　语言的边界

第二辑

先锋之树

伊 沙 诗 选

梦（2195）

妻的梦呓

像在授课

我可以读解为

她这辈子的理想

还是想当老师

我也可以读解为

她想我所想

急我所急

教我所教

梦（2215）

在梦里很忙

一直在为记忆

寻找合适的意象

在秦岭山中找到了

蜂箱

沈　浩　波　诗　选

桂花树下

我的老家在苏北的一个小村庄
原来叫沈家巷，现在这个名字
已经消失了。家里的老楼还在
院子里种着一些蔬菜，还有几株
杏树和桃树。最高大茂密的
是一棵老桂花树，秋天的时候
满树花香，浓郁如蜜，这是我家
最珍贵的东西，陪伴过好几代人
我家的微信群，就叫"桂花树下"。
老楼盖于三十年前，我爸我妈
和伯父伯母，想尽一切办法
花了三万块钱，盖起了这座楼。
现在里面只剩下伯父伯母两个
八十多岁的老人。伯父已瘫痪
坐在轮椅上，语言功能障碍
无法说话，时而清醒，时而糊涂。
四月四日，我回老家，大姐
大姐夫，二姐，二姐夫，大哥
都回来了。兄弟姐妹，相聚于
共同的家。大姐二姐做晚饭
我和大哥大姐夫二姐夫喝酒

伯母坐在旁边，笑眯眯地看着。
我们聊了很多小时候的事情
我爸揍我的时候，伯母心疼得
直抹眼泪；二姐小时候脾气坏
她舅舅气得要用斧子劈死她；
大姐结婚的时候，来接亲的人
在夜晚黑暗的马路上，载着大姐
在前面慢慢骑，我和二姐送亲
沉默无语，在后面跟着走。
大哥对我说，你写写家里的事
我说我早写了，比如写你爱哭
大哥哈哈大笑。伯母已经困倦
但不肯去睡，她要和我们一起
听我们聊天。这些天她心情好
先是大哥和二姐把她接到上海
检查身体，她腿疼得不能走路
终于查出病因，可以对症下药
我们又都回到老家，桂花树下
充满了笑声。伯母年轻时很美
现在，和我们一起，在餐厅灯光
的映照下，满头银发闪闪发亮
依稀能看出年轻时的美丽容颜。
她不知道，大哥最近经常偷哭
哭完告诉她，她得的病是骨结核
慢慢治，就能治好，伯母相信了
充满了期待。此刻我们都在欢笑
没有人告诉她肺癌晚期的真相
这是笑中带泪的相聚，简单
而值得珍惜的生活。哥哥姐姐们

紧密相挨，以最深切的爱意
陪伴他们的母亲。他们比我大很多
带领我长大，直到现在，这个夜晚
仍在给予我，有关生活和爱的教育。

于　坚　诗　选

火车

一列火车在星空下高速穿过人世间
冰凉的郊区突然温暖　子夜的神秘出行
并非彗星的特别行动　移动着的灯光之家
满载陌生人　他们在车厢中坐着　彼此依靠
说着闲话　喝着什么　望着什么　自得其乐
仿佛这是一种使命　不必认识他们　不必
讨好他们　不必加入他们　不必同床共枕
不必度日如年　四海之内皆兄弟也　或
只是些邪恶念头　将要去下一站徒劳地散布
扳道工站在栏杆后面　吹着一只乌鸦的哨子
火车穿过大地　夜晚依次收回了山岗　田野
废墟　仓库　酒坊　营地　那些悲伤之书
一只看家狗在疾风中吠起来

墓地

茂盛的夏天　墓地也跟着植物
热闹　那些雨后的蘑菇　那些
丁香花　牵牛花　红玫瑰　白玫瑰
月季　那棵疯狂的石榴树　正翻过

矮墙　去投奔钻石　如此生机勃勃
如此不计后果而美丽　如此仓促
如舞蹈团的脚步　令我们忘记死亡
只是换了面具　依然近在咫尺
不会妥协的速度　正在离开伪善的
花园　戛然而止将在阳光灿烂的午后

韩 东 诗 选

隧道里的猫

猫不可能出现在隧道里
如果在隧道里就不是一只猫。
一些痕迹或花纹
你凭什么说那是一只猫？
没有体积、运动，平整如镜
凭什么你倒是说呀。然后
我看见了她脸上的泪珠
里面有一只猫并拱起脊背。
也许是猫的灵魂
一枚琥珀
被我抽出一张纸巾很温柔地擦掉了。

夜读

雪洞就是雪山岩壁上的洞穴
她在那里修行，不是做什么
而是练习不做什么。她做到了。
她说从来没有感到过孤独
因为不是一个人，她和自己在一起。
设想她看下去的视野。天在降雪

从雪片飞舞的缝隙中看下去。
久而久之，目光就像雪一样
飘落到每一件被看见的事物上
瞬间融化。那是渗透的标志。
我渗透到这本书中的故事里
房间里只有我自己，灯光格外明亮
（似乎因为夜深人静，电流突然充足）。
读到她生火做饭，影子
被映在很浅但发烫的洞壁上面。
我的房间和她的洞穴没有不同。
我们都离开了母亲，奉命
在这世界上独处。我的静夜之时
略等于她的觉者生涯。单独而非孤单的雪花
在火焰里起舞，甚至来不及相触。

徐 江 诗 选

木工之歌

我有时会想起童年

有时是少年

幽暗的岁月深处

总时断时续传来锯子、刨子

木匠师傅打木工活儿的声音

这很奇怪

现在我想着这情况

依然没有答案

那么未来当我想起

当今这段岁月的时候

又会怎么样呢

别猜了

窗外正传来某个宅子里

装修队用电锯的声音

侍病集句

我们有幸在父母的暮年

看见自己变形的幼年

杨 黎 诗 选

害怕

一九六五年深秋，我三岁

晚上八点

正在屋里玩

游戏

突然发现

我外婆不见了

空荡荡的房子

变得好大

我扔下玩具

冲到门口

哇哇哇大声哭了起来

在隔壁聊天的外婆

一下冲出来

把我抱在

怀里

直到一股茉莉花茶的香味

弥漫在我的四周

我才安静下来

形而上

一夜之间
死猫打烂了
我六个
杯子，我现在喝茶
用碗

杨 克 诗 选

芙蓉楼见王昌龄背影

楚山孤处，送客的那一瞬
寒雨如墨，涂抹时空的画布
你挥手在雨中划过

时间如蛇，蜷曲在壶中
冰心透亮，闪烁着未解的符号

木窗上的滴答声
犹如七言绝句的平仄
湿透了芙蓉楼的青石阶

王昌龄背影在前，我在后
似乎等待一个未曾到来的客人

小院鸣叫的蝈蝈

石板的皱褶里，蝈蝈在叫
针刺着身体
月光冷冷的银丝
像碎裂的玻璃

散落，闪着寒光

风中的蝈蝈
随意，精准
在唧唧中，我听到了
爆炸声，花苞绽放
房子惊得跳了起来

刘 立 杆 诗 选

海滩

臃肿的后脖颈，饰缎带的

平檐帽，以及褐色、磨秃的鞋跟。

从海滩或街道的角度看

诸如此类的老套

无非使静止、疏离的风景稍显生动。

镜头很快转向一堵石灰墙

随即，跟随捕食的猫

从结了瘤的树干灵巧地跳向天空。

这些背影，散漫的构图

很容易让人想起侯麦电影里

脆弱、不安的小叙事：肩带的勒痕

暗示微妙的日常冲突

凸起的，剃得精光的后脑勺

负责讲述一则道德故事

而巨大的蝴蝶结

幻化出粉色鸡蛋花和碎浪。

但风格，或熨帖的细节并不重要

评论家说，关键是克制

正如一台无人机的遥控镜头下

细如蚁的人群

糖霜似的，洒满松软的沙滩。

我们内心的监狱

正是由这些规则的矩形

构成的：一摞六英寸旅行快照。

但有时候，尤其在平视中

一阵偶然的风吹过

树叶如圣诞铃铛一样乱晃。

一块不起眼的疤痕

或模糊的文身会突然攫住你。

游泳池激动的涟漪

如同一轮轮看不见的音波

送来热气和含混的谈笑。

而匆匆忙忙的旁白从画外插入

轻蔑，海鸥般尖利

栖息在露天餐馆的遮阳篷上。

鼻翼开始翕动

急不可待地嗅来嗅去。

眼睛突然瞪圆，忘了眨闪

如同谙熟痕迹学的罪案鉴证官

耐心比对背影、沙滩椅

旅馆的水泥阳台——

那悬念不断召唤我们回到

记忆的空房间，狂暴的潮汐

在其中呼啸往来。

那刺痛和幻觉把我们

继续带向大海以及永别的机场。

小 海 诗 选

日落时分

好像一切都躲入丛林
草地上布满星星
你是第一颗星

你在天上飞翔
不时飘舞羽毛
像远古的一位圣贤
在这个城市上空
常常有火焰噼噼啪啪

你应该告诉我
你拒绝什么
那些夜晚
幸福又空灵

有人抱着石头
有人拿着花朵
夜晚的街道灿烂辉煌
我们就在树下
享受这一切

晨钓

在串场河边钓鱼
与在公园的荷花池边钓鱼
有什么区别?
常常是，一个一无所获
另一个想在水底坐着

不是我们在做的这件事
让早晨变冷清的
也不靠那些纯粹的力气活儿
我们仿佛是钓钩上的红蚯蚓
游速缓慢的水底的鱼儿
消失在石头之间

有些人乘着摩托来
另一些人打着出租来

那几个中午想喝鱼汤的人
此刻还赖在床上
连一点动静都没有

刘 川 诗 选

治愈

她是护士
夜里查完病房
就埋头
用一本空白病志写诗

其实，她知道
自己也是一个病人
把病症（孤独、愤怒与忧伤）
如实写在症状栏

说来也怪
她的病症一写出来
她便缓解与
痊愈了

——这或许
便是诗歌的疗效
通过写
病人化为医生

关于完整

套用马克·斯特兰德的
著名句子
"我移动，为了保持事物的完整"

——我说，写完了诗的作者
请移动，请离开
以使写下的诗完整

作者以当事人身份
对其写下的诗的
阐释与干预

会使诗的
可能性
变小

读一首诗时
每个读者
才是当事人

牵挂的故乡

时间变得寞落了

每一分都非常缓慢

滚动的声音在寂静里

显得非常突然

挣扎着往前的步数

那些满眼都绿

却是荒凉的夏天

我的内心一直在下沉

不知道会有多深

那是回乡的路

那是没有渴望的渴望

父母在山头望着

弟弟已经无法行走

老丈人和丈母娘

也在今年相隔不足两月病逝

那荒山上又多了一座

我熟悉面容的坟头

我本来不老的年轮

这一下子就老了许多
沉重的心情使脚步都走不踏实

父母的灵魂一直在等我
让我照顾好他们的孙子
而弟弟却不知如何安排
他拒绝一切
好好一个人
硬把自己搞得苦大仇深
但他从来没恨过一个人
也没恨过这个世界
他躲在房间里可以两年不出屋
算另一种人类的修行
可作为兄长的我每次都不忍
他这样折磨自己
这个小城是他的家也是我的故乡
我们兄弟在各自理解这个小城
秋天过去了
这里会铺上厚厚的一层白雪

洪 君 植 诗 选

梵高的星星

在梵高死前
住了一年的房子里
看梵高的星星

在大门口墙上的画里
在干瘦而犀利的梵高的黑铜像上
在室内一层的陈列室，二楼的卧室、浴室里
在后院盛开的虞美人花田里
在围绕的房子的天空、山坡、树木、草地里
大白天也在闪亮的梵高的星星

饿得想要和卖土豆的
用一幅画换三个土豆却被拒的时候
割下自己的半片耳朵画着自画像的时候
往来精神病院画画的时候
三十七岁的某日向自己的胸口开枪的时候
在梵高的胸口闪着光的星星

若摘一颗梵高的星星带走
我的诗里

是否也会升起一颗
苦涩而美好的星星呢

梦

睡醒去里间
看到睡在妹妹那头的妈妈的后背
我跑过去
大喊"妈妈"抱住了她
怀里是一大捧被褥
我抱着被子放声大哭
六年了
连梦里都再见不到的
我的妈妈

妈妈的智慧

八旬的妈妈
灵魂的头发丝都染成了雪白

在院子里拔杂草的时候
在屋子里擦地板的时候
在吃着凉水饭的时候
在出神地望着远山的时候

无悲无喜
习惯般呢喃的
该死了，该死了
现在也已经听惯了

老年痴呆的世界
就像一列忘记了死亡和崩溃的失控火车
以死亡的速度
疯狂开向未知所在

枯萎得像一棵干草却仍然记着归处的
八旬妈妈的智慧

李 强 诗 选

读尚仲敏的诗

读出机智

读出调皮

读出《人间喜剧》

当代版的

袖珍版的

读出一团和气

读不出傲气戾气

读不出三观之类的

大东西

读不出心灵鸡汤

刚才

在路上

尚仲敏一脸严肃地说

谈天谈地

不谈鸡汤

谈到鸡汤

我的皮肤过敏

兔年

冬天下雪

我和弟弟

在果园扎下

几十个铁丝圈

那一年的兔肉

在数量上

远超猪羊鸡肉

成为年夜饭的主角

记不准那个年

具体是什么年

应该是兔年

又好像不是

这些年

故乡越来越

模糊了

我反倒确切了

那个年

就是兔年

第三辑

诗人中的诗人

臧 棣 诗 选

雪夜加冕礼简史

被黝黑的树枝分叉后，
呼啸的风声，终于被银白星光
催眠在北方的暗影中。
还要怎么提醒才算客观得
很有趣呢：大地的寂静
犹如一场自我加冕。
十二月的发条上缀满了
只有灵魂的叹息才能固定住的冰凌。
就那样悬垂着，每一滴亮光
都对应着世界观的走神。
大部分时候，你仍然
被深黑的树木遮挡在后面，
古老的狩猎还远远没有结束。
只要追逐还在，你就同时
既是猎人，又是猎物。
原始的呼吸的确很严格，
绝不针对任何一个外人；
那精神般的年轮，作为
另一种呼吸的尝试，也是如此；
看着很普通，那些年轮
却保守着一个惊人的秘密——
没有你的世界是不可想象的。

而我必须想象：那正从你身体里
醒来的，尚未被恰当
命名的东西恰好表明——
不论你如何特殊，你
都不可能仅仅是你自己。
魔山刚刚被参考过，
所以，雪夜的盛大一点也不意外；
即使时间的转轴已被冻僵，
只要这洒下的橘光
足够诚实，这凛冽的孤独
就会垂直于鳞白的意志，
但不参与不分胜负。

白雪剧院简史

生死之间有一种记忆
很残酷：就好像只有被埋进
冻硬的砂石深处的人
才记得有过一座白雪剧院；
而活着的人，包括从深度失忆症中
恢复过来的人，基本上
不记得在他们祖居的土地上
有过一座白雪剧院——
这名字听着就有点水土不服；
太洋气了，叫雪人剧院，
还差不多，虽然也很反逻辑。
现在的造假太黑科技了，

这些照片不能说明什么，

上面的建筑看着像一座剧院，

但拼图的痕迹也很明显。

那么，星光中的宇宙记忆会准确吗？

地震发生后，白雪剧院

整体向南倾斜，朝西的楼面

坍塌殆尽。坠落的鸟巢

正好落在几只野猫的尸体旁；

砸坏的柜台里，有一沓节目单

清晰地表明：白雪剧院里

确实有过自己的保留剧目——

其中最有名的，叫《大禹治水》。

舞台上，抽象的石头

经过了神话的积累，渐渐

耸立成峰峦。但地震发生后，

所有的演出人员都失去了音讯；

废墟上的积雪也变得可疑；

唯有一件事情是明确的——

白雪剧院已不再需要演员；

现在，作为一种坍毁的白色建筑，

它只需表演自己的不存在。

余 怒 诗 选

文学论或孤独论

孤独有恶化的倾向。文学强化了它。一个迷人
的句子是由三角形玻璃片旋转出的一个圆锥体。
诗制造的钢结构梦幻美感。像素很低的傻瓜相机
拍出来的照片。（美图秀秀？或者干脆P图，
换皮肤换脸？）何况众所周知，文学自身也有
恶化的倾向：形象地说，文学作为你的视觉器官，
有可能是一个肿瘤（比方说泪腺瘤）。报纸上
的一行标题字、正着火的一幢宿舍楼、摔倒在
雪地上的一个幼童，在视网膜上无法成像，或者
成了蚱蜢的复眼所见。你加入一个网上社交团体，
取一个好听的昵称，用一个复杂的密码。平常聊聊
天气、宠物、物价。还有什么好聊的呢？旅行回来，
天正黑着，你朝一条巷子的尽头喊自己的名字，
自己应答。这些都还不算孤独。酒店总台的墙上
挂满挂钟，指针指着不同的时间。伦敦、纽约、
东京：一群人在熟睡，另一群人醒着。几小时后，
这群人睡去，那群人醒来。周而复始。如此而已。

我们和幽灵们

我们藏身在一个没有上下左右分别的空间。
这是一个异形空间。一个回忆训练营。我们想
变这样变那样（向投币机里执拗地投掷硬币，
最后会得到一个心仪的绒毛宠物吗？），可能，
我们会如愿以偿，但也可能会陷入圈套。
关于空间的学问本来就深奥，使之模型化
未免教条。但每一日，我们还是有必要
确立一次新边界——与前一日有所不同才好。
量化动与静，而后保持一个相对恒量，
在日常活动与精神活动之间。这就好比
上衣与裤子的搭配，这件不搭，换那件；
阳光刺眼，戴墨镜，以色彩调节你的视野，
或调低期望值。在这间屋子里，有多少
幽灵同我们混居在一起（还有来了又去的），
我们不知道。你以为，你的孤独是独享的，
像你的杯子、鞋子和你的作品一样只属于你，
却不知道有多少眼睛在那儿环伺（身体是
表意的）。原居民与征服者，对立的两种
文明。（自认为是诗人的人，他们之间虽有
语言交流，却多是文学性表达——这不算数。）
幽灵们想要统治我们，她们穿着古装或戏装。
这只是她们的演出，千年妖精们。而我们
只是替身甲或路人甲，谈不上是什么精神伴侣。

柏 桦 诗 选

羞愧

——为一个朋友而作

怎么可能想到有一天
我会在风景中和你谈起我的童年
是一阵内心涌起的音乐
（怎样的神秘的音乐啊！）
还是什么别的说不清楚的东西
我回忆起了我的小学
好多故事呀，但我并不想谈故事

我只想说在同学们面前
我为什么会感到羞愧
这是个秘密——我失去了父亲
（我从来没有告诉任何人）
但同学们怎么知道的呢？
我又怎么会为此而羞愧呢？
羞愧给我带来了什么呢——痛苦！

如果我可以重新诞生
如果父亲可以一直活着
那样，我就不会有痛苦了吗？
"痛苦是诞生的代价"（没人可以逃脱）

是的，爸爸，四十年后
我好像才理解了我的痛苦
以及我羞愧中的矜持与温柔

家庭生活

　　　　——致母亲

　　　我一直在寻找一种母亲之美，一种但愿找不到她的神秘之美。
　　　　　　　　　　　　　　　　　　　　　　——柏桦

我告诉了你吗？妈妈
我首次出现幻觉的时间是
六十一年前一个春天的午后
我一下看见了旦暮之间
已是绯红的千年

我记得当时我在北碚电影院门口哭
妈妈，下午的时辰快到了
你别进去，我们不看电影
我们快跑吧！刚才，
我们不是从餐馆跑出来了吗？

如今，我已六十六岁了
成都有个伊藤洋华堂
每次跟你外出购物
只要来到这个明亮的商场
我都有一种少年的激动

仿佛我老了重获新生
我们还会活多少年？
还会一起上街多少次？
你还会像少女那样爱生气吗？
后来，我一直在想……

大江在闪耀，世界热得
没有一个人，预言是恐怖的
尤其在每日的下午
我们会忘了下午的大桥？
你真会恼恨我不敢往桥下跳？

是的，锯子和梳子还那么神秘
装蛋糕的黑铁筒直装到老年
是的，弹琴费指甲，说话费精神
但是高痰盂因红花而鲜艳
越用越新，直用到永远

张　曙　光　诗　选

石头

石头开花。石头喃喃细语。石头在做梦。

石头无所期待。石头从不哭泣。

石头诉说着时间的秘密。石头沉默。

石头是凝固的流动。石头坚硬，在上面我们种植脚印。

石头分享岁月，白天和夜晚。石头像鸟一样渴望飞行。

石头让脚趾疼痛。石头会突然击中你。

空白

意味着什么？海哭泣着。海在远处

当我们过分执着于意义，但说实话

我从来不知道意义是些什么——

某种充填物？抛向球筐篮球的弧线？

琴键上飞动指尖下的一连串的琶音？

窗玻璃上蜿蜒的雨滴，却无法

落在地上？对于空无徒劳的反抗？

又抑或我们生命的轨迹？对于后者

我们早已明了。如果，但愿只是如果

有一天，当面对死亡，我们会说些什么？

我们缓缓融入光中，直到一切

失去了意义。大歌剧院的头颅
沉重地垂下。海在远处。海哭泣着
谁会在其中领会到这永远的沉寂?

朱　朱　诗　选

晨光

它已淡漠如余晖，
如盲人的目光转过橱窗，
漫向你绸篷般的睡裙，
也不含一丝摇曳束带的风。

曾将你置于灼痛的海拔，
用无数金箭头上的吻进逼；
现在它后撤，从你的背
退至万物间平等的安放。

你是对的，宁愿将脚踝
埋进土里，变成一棵树，
也要托身在同类中。

一生已滞留并错失那时分，
现在，你总是不在你所在的地方，
也不在别处。

楼道

巨壑从未如此迫近，
门已先于你的脚步自行敞开，
暮色在你的脉搏浇铸，
大脑一片蛮荒；家于此刻失效，
从夕光中渐露流放地的原貌，
瘴气正翻涌，椅背在崩坏——
一场仪式的前奏：它催促你离开，
以便进行长夜里的自我修复。

树 才 诗 选

超然山

游超然山，最入我心者——
梅也！梅树多得数不过来
宋梅苍老，唐梅反倒年轻
东坡心苦，李太白欢醉

最令我钦佩的还是吴昌硕
葬于此山：日日与梅相伴
他也有六瓣的梅花之心
安于超然之香。在墓前

我献上一颗熟透的甜枣
归来这么多天，心还系在
超然山上：唐宋随风去
据说今年第一朵梅花开了

潮水

含着白色波沫，涌向她的
足尖，她不惊慌，只后撤

一步：潮水又退了回去
她又伸出脚，跟上一步

在海边，在沙滩上，她
和潮水玩着你进我退的
游戏：这里的核心是音乐
她感应到茫茫大海的呼吸

两个孩子正挖沙坑玩儿
冲毁的城堡重复着徒劳的
喜悦：哪些是阳光哪些
是沙？海和天正连成一片

汪 剑 钊 诗 选

一首诗直抵人类的心脏

一滴水酝酿整个大海，

一片绿叶可以拯救森林，

一粒沙子有可能调整风的去向，

一个白日梦为黄昏拉开黑夜的帷幕，

一盏路灯照亮漂泊者吉凶未卜的前途，

一辆公交车打通城市的任督二脉，

一缕晨曦抹除人间所有的黑白，

一只翠鸟叫醒慵懒的春天，

一朵玫瑰挥洒爱情的芬芳，

一口老井滋养着贫瘠的黄土高坡，

一丝笑容居然导致长达十年的战争，

一句承诺作为信念笼罩了圣徒的大半生，

当然，一颗老鼠屎曾经坏掉大锅的白米粥，

一只蚂蚁能够毁掉坚固的堤坝，

一根稻草将决定骆驼的生死，

嗨！……我说的其实并非诸般现象，

而是一首诗，它直抵人类的心脏。

金色的月亮

从乡村食堂到前小学的途中，
高悬一枚久违的月亮，
金黄，细腰，微光，略显一丝孤傲，
安静地保留记忆中粟米的清香与色泽，
与欢乐的晚会构成某种对照，
哦，自然总以互补的形式丰富我们的精神与物质。

我举起徕卡镜头拍摄，
月亮无言，也不曾羞涩地躲闪，
当然，我也恪守照例的沉默，
仿佛已经达成某种心意相通的约定。
淡淡的金光轻拂当阳桥水库的涟漪和邻近大片的湿地，
天地乃相合，并且融进了一个我非我……

北 塔 诗 选

我是你悬崖上的马

两眼被蒙着斗牛的红布
两肋贴满肥实的秋天
踏破高速路上飞扬的尘土
我向你布满病毒的悬崖狂奔

你的笑容像千年灵芝挂于峭壁
你的裙摆像蝴蝶翅膀敛于峰巅
我的缰绳已经勒断
而马的前蹄已经失落

唯一的阻力来自空气的流动
唯一的救星是谷底的草叶
你悬崖的下巴始终高抬着
等待另一匹马的嘶鸣和白沫

一根老葱

从大地的胎盘上被割离
已经很久，已经太久
只有灰尘，没有泥土

被秤杆和秤砣反复掂量
之后被扔到门外的过道里
下不着地，上不着顶

哪怕被摁住被剁成碎末
哪怕被抓去当调料的壮丁
也胜过匏瓜被系于角落

内外的衣服都开始腐烂
不过，如果一层层被剥掉
那芯，依然如拿云的指尖

庞　培　诗　选

在弄堂拐角

前方有一处弄堂拐角
儿时我常在那儿玩耍
那儿的夏天浩瀚无垠
投出一块石头，竟是时光碎片！

竟有人问我年龄！
我的年龄就是弄堂的树荫
就是新城区的工地垃圾
日夜轰鸣的混凝土下面青石的水井

我的年龄就是江南人家的僻静
能看见一只蝴蝶飞过来
有斗转星移捉不住的郁郁葱葱
堆满了乱砖残瓦，在世上漫游

不远处正是妈妈所在的棉纺织厂
走进弄堂，好像进到了家的一半
秋天来了，随即是冬天
寒风拂面，竟是一个人的童年！

干河街 40 号

海宁的朋友带我去参观
诗人故居——干河街40号
一幢涛声依旧的建筑

朋友在镂空的窗前打电话
我躲到门口吸烟；夕阳
像徐志摩的诗句一样照了过来

主人坐过的椅子溢出
潮声；主人用过的梳妆台
余温犹在，眉如木纹

唉，一个英年早逝的诗人
怎么也不会想到，他的卧室
花十块钱就能随意出入

我曾在他的丧命之处
立过一块怀念之碑
现在，我在他命名的眉轩

和当地朋友讨论爱情的
色差——才子生如秋叶
若无绯闻该多么黯淡啊

干河街40号：陆女士对号入座
林小姐没有来过这里
她给出的答案是不置可否

郭　建　强　诗　选

医院里的谜语

"不行了，不行了，她不行了……"
声音静止，像呼吸机的镜面，然后低泣、哭喊……

"可能还有一个下午的时间……"
亲友们依次排队告别，难以猜测病重者的神志和心态

"活过来了，抢救过来了，谢谢医生，谢天谢地……"
喜悦最恰当的表达是泪水的诗学

"坚持治疗，不管以后独对寒夜，还是……"
"我知道妈妈……"他再次学习走路，左脚踩在右脚上

我们都有隐疾、伤痛……
可是你看，20床还是那么美，阳光在偷描她的神色……

"请清理床头柜上的鲜花，整个原野好像来到了病房！
可是，先让这些药粒上场，让静脉等待新一轮点滴……"

各种形态的精灵堆叠着无穷无尽的谜语
请您在明亮和浊重交缠的空气中选出答案

北 野 诗 选

山居

窗子打开，泉声涌进来

因为夕光稠密，一座森林总是倾斜

候鸟们偶尔沉睡，偶尔沸腾

不知道它们心中都藏着谁

新叶和落叶交互出现

像树干里的露珠在月光中相遇

触碰，躲避，闪闪发亮

如同一种真理，它无声无息

又出现在任意之处，此时

寂静握住了这个世界的全部秘密

当我在窗外出现

我并未被看见，群山与万物之间

如同幸福的末日

鹤壁

它声音突然，飘忽，尖锐

像一枚金币，在天空迅疾拖出一道划痕

它继续拖动

整个星空，都纷纷躲避，裂如深井

丁 东 亚 诗 选

在海边

大海：一个新世界。
风的灯塔：一颗星星的家。
潮汐在等候。一个声音说道：从来处来，
从去处去。

没有什么比此刻更孤独。往事幻化的
图景，皆有你遗漏的细节，是月光、衰草
与白雪。我多想
再为你讲一遍用梦编织的童话
因这世上没有什么让我想起时如此心疼，除了你。
没有什么让我想起时如此幸福，除了你。

蓝色的时辰

把"寂静"拆解，它就多出了
双重意味；把黑色置换成白色
并非新一天的降临，当月光
照着人间晚年的雪和不眠的人

翻一个身，就可想象身在草原
耳短、眼黑的鼠兔胆大、警觉
与褐背拟地鸦、雪雀同穴共栖
青山静默，羊群亟待脱胎改命
再翻一个身，人迹罕至的荒野
已在眼前：大风吹着秋日衰草
狼群集聚山脚，准备围猎那头
鬣鬃短直的藏野驴。哦，我们
分明躺在湖畔家中的两个房间
一个鼾声微低，一个心处沙漠
正以星辰指路。那时四野无声
在夜晚走向没有光明尽头的人
唯一可能：爱之迷途隐入蓝雾

陈　　亮　　诗　　选

密林

我会经常试着模仿那些鸟儿的叫声
"嘟嘟嘟——咕嘟——咕咕咕——
可恶可恶——嘎嘎——啾啾——"
久了，小屋周围经常会盘旋着一些鸟
有些鸟也愿意将巢筑在我的周围

有一天我在劳作时，发现了一只
以前没见过的鸟，它的叫声与众不同
我习惯地模仿着它的声音
正当有些扬扬得意的时候
它突然飞走了，我赶紧跟着它
想先看看它在哪儿安家

一路若即若离的尾随后，进入一片密林
里面密密麻麻高低起伏的
竟全是这种声音，我爬上一棵树
继续模仿着它们的声音，希望得到认同
鸟声却戛然停了下来
似乎所有的鸟儿同时在观看

我一个人的表演，当表演结束
收获却是一头灰白的鸟屎——

当我第二天再进入这片密林的时候
林子是空的，仿佛昨天的遇见是个幻觉

第四辑

少数实验室

车　前　子　诗　选

天气预报

蜻蜓来这里赶集。
我第一次看到蜻蜓表情：
居然愁容满面，
惊讶之余，

留意其他的，悲伤的，哭泣的，呼喊的，
脸，脸，脸，
脸上世界，
记号——器械——机会，

由此，你得到回报。
（偶尔，撞飞幽默感，
乌拉！明明蜻蜓脸，
偏偏，长成斧头，

锋口起沫的赭石、茶锈。
（饶有深意而
这一只蜻蜓脸
头遍鸡叫之前暗淡无光路边

油腻腻蓄水池。

无诗歌

务虚
构无：

那些鱼够呛。

无诗歌

只有
喷涌掉这些浪，
它才平静，
一块削成
方形的乌木块，
浮在船的外面——
这时灵魂静得掉到地上——
捡起来，
是针
！

孙 文 波 诗 选

新山水诗

——向华兹华斯致敬

所有的无关，集合成有关；短暂的邂逅
千里之外虚构的谈话，世界因此敞开它
的另一面——痛苦，转变为美；在我的
心里筑起一座临水的瞭望台。我要说你
是青山绿水，但不仅是青山绿水；当我
进入林荫、涌泉，怜惜之心升起，促使
我把凝视哲学化，再一次向无神论告别
把所有的注意力朝向物质的细节；看到
无论是翅膀透明的小红蜻蜓，还是翻着
肚皮晒太阳的白猫，甚至爬上岸的鹧鸪
都带有秘密的指令：暗示我，一天也是
一生——它已经像文字镶在我的大脑里
让我在旅途中与你谈论晓起、谈论理学
有一刻，我们面对正在沉入山峦的夕阳
古老的红色，让我看到走在路上的众人
商贾们、士吏们，为什么，他们的选择
异于我的选择？一座桥几棵榕树，让我
感到被拥抱的幸福，孩子们在水中嬉戏
拍打的浪花，洗涤着我的眼睛；我问你
在这里，这草木蘙蘙的地方停驻，我们

会突然看到时间的深处？它如夏日洪水
会不会把我一下卷走，像卷走一棵女贞
实际上我是反对时间的人；这里，众人
在斑驳灰墙上寻找失去的往昔：大夫第
尚书第、美人靠，让我看见残破的画卷
没有什么是永恒。没有，现在就是永远
现在，一双手伸过来，它是牵引，正把
我带向绝对。小筑啊，思溪啊，命名不
重要，符号的意义，是没有意义，就像
如果你不在，"鱼戏莲叶间"，不过是
乡愿，会黯淡地进入我的眼中，与狭窄
的天井没有两样；包括那些褪色的楹联
损坏的雕窗，让我看不到现象后的真相
就像一直以来，我建造语言的空中楼阁
虽然已经很多年，可是它仍然没有变成
一间卧室，仅仅是客厅；在那里，我已
成为孤独地创造孤独幻象的人；我曾说
人们看到的我并不是我，一个身体只是
一座军营，禁闭人，我用它只是收留痛
痛！每一个早晨，就像出操的士兵，在
我五脏六腑奔跑，以至于，我总是觉得
我的身体不过是战场，总有一天会爆发
残酷的战争。等待着那一刻的到来，我
想象出无数场景。一个场景是蝇虫嗡嗡
成堆飞来，抬着我进入死，化为一片水
但我理解你的犹豫，在远方的一个岛屿
你留下了自己的过去，我想象着在那里
色彩黯淡的城堡前的留影，就是记忆的
刻痕，它们总是与浓雾一起飘来，笼罩

你的思想。使你不得不逃避，就像小鹿
逃避豹子的追赶；但我庆幸的是在这里
你已经有了化身山水的能力，当我看你
你就是一株榕树一条清溪。或者你就是
挂在峭壁上的藤蔓，再或者，白色瀑布
好多次，我坐在旁边，如坐在自然怀中
你让我思无邪，重新看到与自然的关系
让我在沧海翻卷，把我带向缥缈。流淌
的血水也没有使一切停止。哦，所有的
呼应都显得遥远，像枭鸟掠过留下影子
激起我的想象，让我的脑海，变成纯粹
的白色；我说写吧，一支鹅毛笔便涂抹
它，好像要把空无填满，而那些自然的
鹭鸶鸟，也来作为背景，飞起，又降落
它们促使一切具体化，当我再一次凝视
告诉我，我已经成为一个反对现实的人
让我这样告诉每一个人，世界，并不是
不可玩味；如果你像我一样，心中有大
图景，你会说：壮丽河山，处处都可能
成为家；你会说：故乡，不是地名，它
将是一种感觉，那些经历沧桑的树，你
把它们看作伟大的亲戚；每天傍晚升起
的雾岚，也能带给你无限喜悦，让你在
纸上描绘的生活大于现实。现实，不是
一幅图画。让我们画上红色，就是红色
画上蓝色，就是蓝色。很多时候，具体
变得不具体；由此你成为具体的反对者
——不要！我这样说过……像重新命名
如此，你没有拒绝我强制性的进入，为

山水加注浪漫意义；没有人的山水不是
美学的山水，没有懂得美的人，孤独就
是高悬的剑。我说你感觉到了吗？越是
进去得深入一些，温暖就越是清晰一些
我甚至想在人迹不到的山峰上，坐下来
回望层嶂叠峦，在自然的空寂中，静静
地思考消失的意义——啊，消失！这是
我对滚滚尘世的最后一击——放弃自己
如是我说，要是给我一个面对你的开阔
峰顶，要是在那里能够眺望落日。每个
傍晚，我愿意静静地坐在那里，看晚霞
染红天空，一直到月亮从山中慢慢升起
星辰一颗颗跳出来，我仿佛能听见它们
的絮语。这是多么宁静的一幅画卷。我
可以做到什么都不去想，只是坐着，把
自己看作已融入自然的人。我甚至希望
所有的人忘记我，所有人对于我的谈论
不过是谈论一段传奇，虚构，多于事实
他们当然不知我想要什么——我的语言
正在抵达的是生命的绝对。我认出其中
的美好和纯洁。我说它们多么安静，像
我曾经走进的贤哲故居，他的后人们在
屋前空地晒太阳，满脸皱纹的老者，让
我看到了仁慈，从而教育我，重新理解
天地的秘密；它们中有政治，也有经济
而更进一步，它们让我想，这，不仅是
关于自我的认识。此刻我把其中的隐秘
寓言性说出——实际上，已经改造了我
因为我知道，这不过是返回——语言的

美学的、伦理的、道德的，青砖灰瓦的
世界，绿水翠树的世界。在这里我眼前
浮动一个乌托邦；清明的、简单的社会
智慧、存在。我在宁静中，看到生命的
上升与下降，意义非常确定，我为此而
自言自语：阅读。或者，我也可能只是
保持沉默，内心想到再绝对、武断一些
只描绘花鸟流水，从而虚构出斑斓图景
典雅、静止。只为了自我教诲——山水
就是大道；一步步，我正努力进入其中。

樊　子　诗　选

大鲸

想一想，如果这世上没有了风
一切都会没了模样
也不可能有色差。

没有力量
此刻，沙丘在静止，大海在静止。

一头大鲸浮出海面，没有风，它不可能
把海水搅得哗哗响。

一切都是无声无息的，鲸耸起头颅
不会有声响
身子坍塌自然也不会有声音。

没了色差，我也看不到大鲸
我记得我在海面上奔跑时，好像撞上大鲸
因为都没有风，火山似乎也撞过我。

暴风或暴雨

要是把这些词语串联在一起，大抵会
产生不妙的局面：暴雨、暴风
乌鸦、乌云。

在我的人生中，常遇到这样的词汇带来的境况：
天突然黑了下来，乌鸦在低飞，云像铅块
我预感暴风或暴雨将至
往往这种预感又是失败的。

后来想想
可能是暴雨、暴风有时不愿意和乌鸦、乌云裹在一起
如同晴天喜欢和霹雳组合成一种语态。

易　清　华　诗　选

论诗人

你蜷缩在一个元音里
像一个婴儿般
啼哭

修改

经过反复修改，在一首诗中
终于出现光亮
而你仍被黑暗所笼罩

当一条鱼被修改时
是否能成为一只飞鸟

当你修改一朵花
那花是否还会如期绽放

一条河流需要修改多少遍
才能流进你的心田

汤　养　宗　诗　选

从鱼皮到花衣

从鱼皮到花衣，从一片海
到一块布。从海腥味
到公布在都市大街及各个角落的幽香
从碧波间的飞溅，到风华流芳
扣好胸前最汹涌的水声。
从私密到共识。从用于脱的手
到用于穿的手。
异质与共生。从鱼纹，到留在身体上
白姑鱼般光洁又斑斓的妊娠纹

在时间里伺候着什么

用那不存在的一双手，我依然在
打磨着你所在意的这块石头
它可能是并不完整的一句话，也可能是
玻璃里的幻象，正在出走
或不断增多的图景
而石头是它们的身份，多么顽固的形体
可以摸到形状，永远不知

它们的念想，只有我的手工
跟着自己的时间
伺候着谁，在这人间发生了什么
或者，一点的声息也不曾有过

谢 君 诗 选

一个人去爬山为了眺望

反正，爬在一条线上就行了。
它长，像烦恼
也可能空，像时光的秘密。
仿佛为了收集一个最前卫的孤独
并将之纳入心灵的数据库中
我无聊地爬着。
远远望见一柱黑色蒸汽
那是水泥厂每天释放的
威严的含硫的粉尘。
在一个工业的虚幻的时代
你可以选择爬山和一个早晨
但不能选择在这个早晨
所眺望到的一切。
实际上也没什么可以眺望
你只是试图短暂地
离开这个世界一会
离开失去她的悲伤
并安静地在山中抽支烟。
也许可以在那里给悲伤
写一封关于悲伤的信
以表达对悲伤的思念。

如果你相信芝诺悖论，

那么事实就是

为了记住悲伤1000年

今天早上，我在脚踝上绑了一个三角洲。

远　洋　诗　选

上天的镜子

南方天空一座高高的谷垛。
令人惊讶莫名，在收割时节出现
清晰如大地上的倒影。

我一步一挪，翻过陡峭山岭，
稚嫩单薄的肩膀挑着两座峰峦。
当我认出自己天上的影子，
禁不住浑身战栗。

接着，我看见一位老汉弯腰俯身，在谷垛顶端
堆放码齐；旁边搭着的木梯，
下面长长的田埂和土路，是一个又一个
挑着金山攀爬、奔跑的人。

只不过不像在地上，为缓解劳累和疼痛
以及长久压抑的愁苦
发出"哦哦"或"呵呵"的喊声。

不是海市蜃楼，也非梦幻泡影。
如此真切，整整一个下午，令所有人啧啧称奇，

忘掉贫穷和疾病。我也不知疲倦，
重担变轻，仿佛已成为天上人。

至今我觉得此事神秘难解。
或许，上天本来就是一面镜子，
映照着大地上的一切，何况
受苦者辛劳的身影。

李 犁 诗 选

元旦

太阳转世了
第一眼看见的是白雪
从这座山到那座山
从这颗心到那颗心
包括它们之间的光明和寂静

白，连同孩子的啼哭
像雪花在融化，一滴一滴
照亮了山河，和泪流满面的我

大雪

一辆马车陷进雪里
赶车人穿着雪花的大衣
连拉车的三匹马也是雪做的
远远望去，它们就像下凡的神

那时还不懂活着比塌陷的马车更沉重
喜滋滋看车夫把手里的鞭子甩成繁星

雪里的寒号鸟飞起来
一群白皮肤的孩子要回到天上

天黑了
马车还没有拉出来
车上的东西撒了一地
点燃的篝火旁，三匹马
在吃着草料，车夫在喝酒
突然，苍凉的歌声像虎啸
让飘舞的雪花怔了怔
停在空中

黄　明　祥　诗　选

途中不为人知的辗转

四面八方的车旋即而入
又旋即而走。我如同被漩涡吸进去
转眼又如置身电锯溅出的火光
———一根溅出的线
诗由此下笔。我去西北
先往东9公里，到长沙南站
语言的工匠勾勒轨迹
以喻赋形，从事、物到意
以螺旋升起情理，继续往上
造玲珑的塔。我的肉体
于上午11点20分出发
大地开始在我的眼前错过
我脑海里的列车
一路飞驰，穿越自己的隧道
而非在心中，那不是诗。
骤然暗了，进入客观的隧道
传来呼的一声
我禁不住去握桌上的红茶纸杯
它未被刮倒，风并未吹透
没有飞沙，没有走石
我觉得透明的车窗仍然过于单薄

逻辑之外，总令人惊诧
那不是言说。眼中的隧道
是一条深暗的色谱，如同一匹布
在窗外疾行，越往西，越长
仿佛熬过很多夜，当专注于听
声音复制声音，在耳朵的隧道里
我不知不觉睡着了，又醒来
反反复复，渐渐毫无关联
途中的辗转不为人知。天黑后
前面男女用扑克玩出笑声
后排的中年男子在嚼着一只烤鸡
坐着打盹的人，闭着眼睛
如同正在盈盈注视

李　瑾　诗　选

模拟叙事

他对着银幕流泪。他觉得那只挨饿的
猫是自己赶到镜子里面去的，斑竹从
地表钻出，首先
来到的是自己的歧途。多么
纠结，他需要从去年剩余的
人群中间逃出来
避免被一无是处的角色带走。主人公
似乎想要对他说：莫学我，我的结局

难以治愈，只能退到一部影片当中去

刘 晖 诗 选

编织

我在写一本书，缓慢，而有耐心，
打印的手稿，全是涂涂画画。
写累了，就到外面，看天上的星星，
湍急的河流中，如此的拥挤，如此的嘈杂。
我从来没有见过如此悖论的存在：
虚空和永恒肩并肩。
对此，我拥有绝对的信心，
正如抱着充满杂质的绝望。
我甚至想不起为何来到这里，
远处的湖面，灰白色，裸露如伤口，
树林，骨头的黏结。
目光的尽头，夜色
正把道路一点点地织进天空。

杨　献　平　诗　选

沿途落雪的村庄

很显然，姿势再纷扬

曼妙，也堵不住人间的

蓬勃呼吸。沿途村庄的烟囱

一根根向上

高头大马的雪，连接大地与天庭

乌鸦颤巍巍，盘踞杨树之爪

剥夺冬天的弹性，它们在说：众生的温度

屡屡斩获西风之间的牛肉与洋芋

木　叶　诗　选

偶然

"给死去的人戴上戒指。"关上电视
树叶、电话号码、静寂和月光落了一地
摊开日记：今天。晴。她走进房间
碰倒我的椅子、可乐、祖籍和站姿

她拿出小小的雨花石和一本书
放大一个人的生日。"无人准备蜡烛？"
窗外慢慢变暗……话语悄悄变短
二十妙龄和局促的饺子被塞入这个下午

一盘摇滚磁带卡住，一阵呼吸，一阵风
口红！手掌在旅行时发出咳嗽声
高跟鞋与危险就此被删改成浪漫
这浪漫源于虚构，源于一种

邂逅，一个后鼻音，一辆出租车
一些偶然的软弱，偶然的酒、胃痛与执着

余 述 平 诗 选

万马奔腾的生活

习惯了迁徙，
你把他拴在马厩里，
他也会直接把马厩一起带走，
荒原那么大，
没有万马奔腾的生活，
它就是枯燥无味的沙子。

我是一支笛子，
森林也无法圈养我，
我靠我的缺点，
吹亮你们，
无论你们像马跑多远，
也会像音符，
被我收回到马厩里。

消失的白马

一匹白马自古而来
它招摇的尾巴是世界上众多的歧路

一匹白马此刻正经过我的身体
像逝去的岁月一样洁白

一匹奔跑的白马
踏碎了我心中一段薄冰似的空白

迎面而来的白马
它的眼睛像蔚蓝的湖水
像深邃的未来
吸引着我

它的一声嘶鸣就是一场惊心动魄的战争

而此刻这匹奔跑的白马
正从我的心田中嗒嗒远去

我就像一位没赶上这匹白马的英雄

隐姓埋名

转身回到自己蠢笨的身体

转身回到城市里编号的房间

因为刚刚扛完一罐煤气

而喘息不已

陆 渔 诗 选

儿子

月光，照着儿子的口水
一点一点，浸湿我的衣袖
托着这胖乎乎小脑袋的我的手
不愿缩回，犹如不愿抬起
靠在我父亲肩上的我的头
不同的是，我在父亲背上是醒着的
我的小手总是喜欢摸他的喉结
父亲一路背着我疾走
那是，在去医院的路上

月光，又照回到儿子的身上
他抬了下头，迷蒙中看了我一眼
换个姿势，继续流口水
我抱着他的身体往怀里靠紧
儿子的身子暖暖的
父亲的身子却是冰冰的
那是，在去医院的路上

温　　经　　天　　诗　　选

风中，风中

连绵的冰雪，在松林与桦树的测量下

无止境。春天以湿度和颜色侵扰

两块无知觉的膝盖，和一整块头颅

通过风和风的九十九个变种

我是一块体积硕大的磐石

听不懂从前潮湿的木头

我曾回望被圣人篆刻的玻璃窗花

过度的温暖即消亡

人类的幼年曾被咆哮的宇宙之轴抛甩

旋转加速度到白发之境

书中的风中，千年前的书生告知我

屈服于岁月神偷并非可耻

遗失掉所有以后

绵长的轨道和清冷的屋顶把城市里

自转于风中的书中的我，反复扫描默读

旅途的章节片段，我已不在乎

甚至霜雪暗藏的渠坑

连片的日历如饕餮陡峭的青铜后背

在风中的风中，有一种境地叫大光明

一个人对世界的顽抗得到了什么

沉默的背影，还是文辞的蠢动

你问我，世界的边缘在哪里

我问你，蜗居还是远行

陆　岸　诗　选

磨刀

刀锋越来越亮
我的磨刀石越来越薄

眼看它磨成了一弯月亮
夜夜挂在你的窗前
眼看你种满了试刀的荆棘
挡在我的来路上

眼看你背过身，轻轻抽泣
给我看
一把空空的刀鞘

鹧鸪

雨水即将来临
夕阳的湖面茫茫又开阔
一只孤单的鹧鸪
从水的这头一个猛子钻到遥远的那头

春日迟迟、饥饿，它的小爪子
看不见的暗流里深陷
我的身前，水杉林拥挤
一群归巢的大鸟正在穿过

那些早晨向光亮处飞奔的
又要往黑暗里返回了
万物茕茕，又不得不发出响动

雨水时节就要来临
为了这永恒的生活
我们的日子都在命定的设计中

第五辑

孤独写作

太　阿　诗　选

豹变

贪婪的阳光拒绝小寒本意

你不想去红了的落羽杉林中凑热闹

虽然很近跨过红荔路就是却宁愿发呆

圈阅十年诗稿觉得没啥意思

想着如果拒绝一切隐喻象征会怎样

这时候一只豹子从林中窜出来

你惊诧得跳到了半空中

却得以第一次看见整个林子

众声喧哗的木栈桥变成了秘密小道

你停在树枝上坚信树枝不会断

豹子会爬上来吗如何用美来对抗

然后落地呢只有一个办法

自己也变成豹子

马

当我遇见，初以为棕榈蓝黑色的果实是葡萄，

可严肃思考后，确认为是一万个肾，

让我——多联动的印象主义者——飞起来——

在严酷季节，皮中毛缕如马之鬃鬣。

赵 原 诗 选

如果酒杯中突然注入泥浆，你是否会敲响赭石

你学习过把葡萄从枝叶中剪下来的全部技艺
也懂得用悄声细语诱惑假寐的牧群
但如果阴雨不期而至　你是否会敲响赭石？

万物如此相互爱恋
云杉和丝柏都掩藏起久蓄的恶意
但如果酒杯中突然注入泥浆　你是否会敲响赭石？

未见壮士归故乡

我喜欢阿喀琉斯的长发
缠在手臂上的兽皮绳子
甚至喜欢他的冷酷
他跃起在半空中　血却落在地上
战马倒下时呼出的最后一口热气
吹开了沙子　露出凝固的血块
有三个人的血流在一起
这无须品尝便能分辨
战场如此寂静
海水吸收了天空的颜色
多么蓝　海水在后退
谁见壮士归故乡

赵　卡　诗　选

在准格尔小站上

四周起伏的沙丘比站台上的人头多

少女比站台上的柱子多

有的少女没有男朋友

就像在沙漠中

有的植物没被雨水浇灌过

我们应该爱她们

给她们命名

准格尔小站少女

谷雨这天不下雨

谷雨这天

北京没下雨

我对同屋的刘不伟说

谷雨这天应该下雨呀

他停下手里的活儿

望了眼屋外说

谷雨这天不下雨

是不应该

叙 灵 诗 选

椒灯泡

E14小螺口灯泡

有白光

黄光两种

高悬的圆形灯具共八盏灯

前几天坏了四个小灯泡

此次换上了黄光

加上以前四个散发白光的小椒泡

客厅在这种混光映照下

显示出空间表面或内部的摇晃不止的波动

博尔赫斯

一个人
就是一群人

晚年
耳朵还没坏掉

还能听见

不！是看见

天晴的时候

有人爬上屋顶

换掉那块

不适合冥想

一直漏雨的

天花板

横 诗 选

纪念。不止五年写给爱人小智

要轻轻地擦拭银器

那些暗黑的部分

就像走在回去的那条
路上被放轻的脚步

声音里回荡的
响声

要细细地辨听
那波涛里
细碎的绽放的光亮

暮色里微风在吹拂着窗帘下的阴影

我的个人生活经验
经历和获取的知识的
相互对冲
对我产生了伤害

。

冬天道路上的雪
被扫到了道路的两边
。

有个时候
我看到了那个
叫我的
那个家伙粗俗和
愤怒着的面孔
。

在每一片落叶之间
春风吹拂着
跟随冬天的风

。

梦 天 岚 诗 选

梦中的岛屿

当水雾散去，
梦中的岛屿会突然出现。

它有着鲸鱼一样黢黑的脊背，
又像植物一样生长。

它会游走吗，
像鲸鱼那样？
或者与梦纠缠，
像藤蔓那样？

疑问总是让现实也变得恍惚，
梦中的岛屿不会，
它只会让梦变得真实。
让喘息声，迫于海水的冲击，
而得以保全自己。

波澜记

该怀抱着怎样的纯净，
才不至于在昏暗中迷失。

波澜再起时，积下的伤痛早已抚平，
你坐在湖岸上，看远天低垂，
夕光在乌云的围堵中吐出烈焰，
想起往事，你只有淡淡的哀伤。

耽于怀念的一切还没有到来。
所有隐藏的真相与血液一起涌动，
波澜的纹理，起伏不断——

那该是寂寞，活着时的样子。

大 头 鸭 鸭 诗 选

雀斑

以前我曾在诗中写过
喜欢女人脸上的雀斑
现在倒好
那些斑斑点点
都长我脸上了

空悲切

——悼芗远

空悲切。你喜欢拥抱礼
对每个人都有拥抱之意
却没能抱住你自己
单薄的身子
给养着一位爆裂鼓手
内心的鼓点
有难言的愤怒与悲鸣
而你又那般彬彬有礼
予人玫瑰

空悲切。"荒凉的山岗上

站着四姐妹"是你爱唱的

绝望与幻境

或许你只是像楚门

走出了楚门的世界

山河远阔

无论你身在何处

我都希望你快乐

都不要，空悲切。

落 小 七 诗 选

小锤子

今年买的炭
块头都挺大
我没有工具
就把大煤块抱起来
高高抛起
落在地上，摔成碎块

有一天特意买了小锤子
放在墙角。每到黄昏，
还是出去把大煤块
抱起来，高高抛起

老 庙 诗 选

赶海人

我被海赶上岸后
海在继续赶我
海里似乎有宝贝和大危险
一次次被驱赶又回到海边

海已装入了太多的东西
随便谁想加入微不足道
海想陆地多承载一些东西
陆地越来越不负责任

我有机会就站在海边
海无暇顾及我
一座座岛屿是她的心肝宝贝
我被海浪推远越来越空虚

多少惊心动魄的故事沉在海底
赶上一个就感天动地
赶海人不能随便靠近岛屿
也不能轻易把自己赶下海

阿　翔　诗　选

小回忆

（或祭父书）

没熬过秋天。青山白云依然完整，
仿佛宽阔容纳了我，焚烧纸钱
仅限于轻微的火焰，下午的落叶是幽暗的，
仅限于永久的凝视。和父亲
在一起的日子，就是回忆好天气
或者坏天气的时光。
我从来不会说，我爱父亲。正如我们之间
隔着一个孤独的隐喻性，
爱也需要隐喻，就好像不这样
就没法去面对荒野。也只有
死亡是赤裸裸的，挂在墙上的遗照忠于
他的时间，才会在我身上
醒来。院子里的山茶花和青草
陷入繁盛的喜悦，
他先于我在它们身上发现了一个小小的秘密，
就像试探我的秘密一样，但其实答案
有更多的可能，意味着他从我身上无从辨识，
仿佛我一直瞒过了最好的父亲。

是的，他是我的最好的父亲，
只是他从来不知道。或者，他的旁边
陈列着太多的偏见，以至于秋天的祭拜
围拢灵魂永不分离。
生与死的另一面，作为底价，
僻静的下午夹杂着鸟鸣，
一种不可能的爱，覆盖不可能的爱。

庞　清　明　诗　选

忧郁

忧郁触发正午的初雪
从天灵盖到眉心
隐约的耻部
这里一浅白，那里一抹灰
若冬藏前未曾搭理的干草堆

一派喧闹中，请允许
我保持最低限度的缄默
疏忽桥段的驳接
不仅出自生命的敬畏
总有清醒的飞蛾绕过阑珊处

后半夜的梦游症
涂鸦昨日的工
唯经验论窥探内部的结构
生物钟加速时序的更迭——

周 雁 翔 诗 选

孤独

我宁愿将孤独想象得小一点
再小一点，小如一粒汉字
然后把它，写进诗里
像把一颗刚掉的牙埋进土里
告别时，它对着我咧嘴一笑
"你又少了一点点陪伴！"

未眠的窗

黑夜撒一把细碎的蛾子
挡住我洞开的一窗灯光
照不见藏在山里的小村
又如何叩请慈母手中的丝线

也许我的一生都需要缝补
过去是身上的衣衫
现在是亲情的漏洞

许久没回过老家，梦里总睁开思念
窗口像一块补丁，为何如此地扎眼

陈　惠　芳　诗　选

河泊潭

屈原以疲惫的身心，
给河泊潭盖了一个章，
就将整条汨罗江签收了。

蝉轰鸣

入夏，入夜。
深山，蝉鸣如此密集，
像头顶上的水电站。

不敢相信，
蝉也像诗人一样赶集。
远离喧嚣，却以另一种喧嚣，
呈现缄默。

徐　汉　洲　诗　选

砂糖

一颗沙土

在牙齿间无声粉碎

我明白又中标了

厚重的土腥气

一点点充盈口腔

一点点浸染渐淡的往事

我做出惊人之举

决定把这口土咽下去

这是我家乡的泥土

跟着蔬菜奔袭了千公里

这是背井离乡四十年后

第一次咀嚼故土

在我舌尖里打转的

不是不洁之物

而是一小撮做工粗糙

浑身香甜的砂糖

感恩这些光芒

太阳的光芒
月亮的光芒
一种热一种冷的光芒
都到我们村子来
洗刷我们村里的时光
洗完了村子
就洗刷我们的目光
生怕我们看到的
与它们洗后的不一样

这么好的光芒
这么不要回报的光芒
除了照耀我们的脸
还照耀我们的背

我每端一碗饭
都感恩这些光芒

我们还和稻子一同垂在田里

第六辑

幻觉写作

梁　平　诗　选

和父母亲过年

城里已经空空荡荡，
阳台上父亲母亲听稀疏的爆竹，
一声比一声孤零。
好清静哟——母亲自言自语，
耳背的母亲说出清静，
如雷轰顶。父亲也是一言不发，
盯着对面的嘉陵江，向远。
一只麻雀眼前飞来飞去，
最后飞走了。
我知道我也要离开，此时无声，
听得见落叶的微响。
一盆金钱橘已经挂满了金黄，
父亲喃喃地说，不甜。

线上清明节

父亲上山第三个年头，
清明节没有雨，欲哭无泪。
阴间与阳间，在老爷子上山以后，

跨界祭奠成了规矩。

一条隐秘的线分了上下，

哀思缓缓上线。

线下的巨额纸钞、烛火和鲜花，

只能从线上虚拟抵达。

朋友圈父亲加过我至今未删，

却没有动静，没有信息，

他应该睡得很好，让他好好睡吧。

我们上线了，母亲很好，

儿女很好，孙们曾孙们很好，

那是九十五个年轮的粗茶淡饭，

留下的好。此时此刻，

父亲听见了，有风吹送，

父亲的一声咳嗽。

张 执 浩 诗 选

趋光性

阳台上的盆植似乎都斜着身子
朝向防护栏，那种不易
觉察的失重感促使我
每天早晨都会身不由己
来到窗边，无论阴晴
窗外都是一个沉重的世界
大家都想看看今天的
战火又蔓延到了哪里
稍后我会退回来，独自感受
地球上的不平等

在林中假寐

落叶铺满了林中空地
睡意来袭。这是我
无比珍爱的秋日
我在爱过后变得松弛
身体缓缓下坠如叶片
在空中飞旋，降落

在更多的落叶中间
阳光从林梢射下来
检索我体内所剩无几的爱
闭上眼睛，我几乎能够
看清爱的经脉呈扇形
如河流冲击后的滩涂
接受了退潮后的大海

沈 天 鸿 诗 选

母亲，父亲

隔着死亡，我抚摸你们
春寒料峭，对抗的
唯有我的血脉和思念的暖意

生让人知道死
我们一起度过的那些岁月
却如物质，在我心中不灭

不灭的还有这世界
它和你们活着时一样美好
也一样糟糕

包括这2024的清明
这些簇拥墓地
正在化为物质的油菜花

但雨是一个例外
泪水是另一个例外
它们的成分，永远不可能分析出来

隔着死亡，我再次抚摸你们
我感到。你们也正在抚摸我
就像我刚刚出生，被赠予整个世界

江 非 诗 选

生活

一条没有经过平整的小路
一棵被绳子拴住的即将歪倒的槐树
一小块地衣护在沟渠的边缘

一座水库，在远处的低谷里闪亮

房子有点小，但是够了
灯光有些暗，但是足够

夜晚有些短，但对于明天
天不亮就要起床干活的人，也已足够

启示，思想，爱人，这些我什么都没有
但已足够
我了解我的鞋子
它走不了太远的路
我是穷人

我寄给你的桃子

我寄给你的桃子

你吃不了没关系

你可以把它们做成

甜甜的桃子罐头

找一个干净的玻璃瓶

把桃子洗好

用一把小刀

轻轻地削去它们的皮

把一个桃子一分为二

用刀尖剜掉

藏身隐秘的桃核

把它们放进瓶子里

撒进一些白糖

你完全不用担心

你的辛劳会白费

桃子肯定知道你的意思

它们会忠心地回报你

并给你另一种生活的期冀

如果明年我给你

寄去的是苹果

也没有关系

你可以把那些吃剩下的苹果

捣碎了

做成好吃的果酱

你可以想，这些苹果

多么好啊

它们被大风吹过

被大雨淋过

在地里长大

被一个朋友高举双手取下枝头

它们被送进你的家门

接近你的心思

而没有烂在地里

它们的自身是甜的

还爱过

和拯救过那些

被酱汁涂抹过的事物

郁　葱　诗　选

虫儿记

早春的时候有柳絮，
有青绿，还有虫子，
各种各样的虫子，
钻进土里的和飞起来的，
它们都很小，小得可爱。

大概在天地之间，
人不过如虫，
甚至比它们还微小还微弱，
有时我们留下一些文字，留下了声音，
仅仅不过像是虫子们身后的印痕。

那印痕没有多深，
风一吹雨一遮就消失了，
那些肤浅的印记再也找不到，
留下的，未必比得了一夜长大的一棵浅草。

其实更愿意像一个小虫子，
冷而蛰居，暖遂萌动，
简单寻生活，清净伴日月，
不问尘世喧嚣，只见草绿草黄。

早晨看着虫子们在树丛中的那份从容，
就想，虫儿微不足道，
但它们未必没有大于我辈的心胸和满足。
或者蝶裳轻舞，
或者草长莺飞，
如此，为人足矣，
为虫，亦足矣。

我曾经在某一个傍晚看到过人的脆弱，
风一吹，他就破碎。

王　山　诗　选

圆形金鱼缸

几尾不会开口说话的鱼

在圆形金鱼缸里

花枝招展

吐泡　冥想　摇头摆尾

转圈

一圈　两圈　三圈

一直转下去

没有尽头

圆形金鱼缸

没有棱角的隐形压力

无处不在

无论

是否有

制氧机和过滤器

每一处透明都是弧形

视力差

无处躲避

透过弯曲的玻璃看世界

世界也在看你

有些人以为的美丽

可能只是缓慢死亡的过程

被慢慢摧残　逼疯
于恬静幸福中
并不自知
有些花没开的时候
比开了还好看

邱 华 栋 诗 选

甜蜜的星空

在金汤湖仰望星空

燕赵大地紫气横生

利剑横空出世　剑光一闪

果实击中英雄

星星以迷乱的阵营

擦痛了我的眼睛

我听到巨大的水在流动

那是在无边无际的夜晚

铁睡着　而你还没有苏醒

让香草铺满你的梦境

在金汤湖仰望星空

偶遇流星，一道红光掠过头顶

我正看着你　那么

是谁将要让你离去

巨木倒地　洪波复生

我泪水四溢　握住了一枚铁钉

吃冰的人

吃冰的人　以吃冰的方式
表达内心
吃冰者不惧怕透明和寒冷
他咀嚼冰块　用手捂住左胸
那里一座雪山　穿透肋骨

吃冰人行走在冬天
脚已接近音乐的边缘
吃冰人吃冰

周 艺 文 诗 选

眼睛的作用

一
盲人没有白天和黑夜
却害怕黑夜的恐怖

二
黑色的眼珠
不能识破黑色的阴谋

三
没有光芒的世界
人　都成了瞎子

葡萄

——一个画家的感受

焦墨绘就的葡萄藤
根须折断在画外的土壤
我的宣纸上

一颗颗硕大的葡萄

如一群远离故乡的游子

一颗葡萄

一颗泪满晶莹的眼珠

一颗饱含风霜的游子的眼珠

望你时

感觉酸涩

我住在这远离故乡的繁华城市

画着一些没有根和土壤的葡萄

那一颗颗紫色的葡萄

梗塞着我的喉管

哭你时已不成声

赵 晓 梦 诗 选

湖畔

树上有风的黎明
也有鸟的黄昏
姿势一旦变得紧张
笨拙，再好的下午
也会被膝盖所误

从公园敞开的长椅走过
有的人在跑步，有的树
在散心，草追不上风
湖面捂不住胸口的湿热
堤岸弯曲，如同冬天的模样

秘林

消息来得不算太晚
秋天在叶面走得缓慢
比迟疑的阳光缓慢
也比溪流的速度缓慢
我喜欢，这种慢

手机像是得了强迫症

在不断提速，不停刷屏

森林的朋友圈难得片刻安静

他们邀请我，两个四川人

在落满光阴的山路上

一个驻足风雨亭，一个朝向

上游看不见的溪流

谢　湘　南　诗　选

故乡

那些荒凉的月壤是我的故乡

环形山下的月海

密布着我不能呼吸的气体

可我并不需要空气

我在月亮上漫步

直接从玄武岩中获取电能

我来寻找我的起源

我想起荒凉本身

就是我的心跳

是我被植入的

家的模样

肖 歌 诗 选

动物园赏月

来自非洲大草原的长颈鹿

来自长白山的东北虎

来自岷山的大熊猫

来自秦岭的金丝猴

中秋夜

我们在野生动物园一起赏月

仰头望着同一轮月亮

我从动物们眼睛看到的

分明是月光下各自的故乡

还有眼眶里含着的泪光

吴　茂　盛　诗　选

玫瑰的十二驾马车

这是埋葬老虎的地方
河西之山，埋葬过春天、爱情、天才
也是唯一能埋葬诗人的地方
一只火红的老虎
从河面漂来
它低吼，像风卷秋野
"我为了什么，
涉过愤怒的河流？"

涉过河流
才看见这朵理性的玫瑰
美丽绝伦的玫瑰啊
你不仅要成为我的皇冠
还要成为我的树
为每一片落叶写下归来的诗行

玫瑰的十二驾马车
载着两颗巨大而痛苦的心脏
那是柳宗元和我——
一个在前，一个在后

忧郁的歌声穿越蘋岛

像孤独的鸟影掠过香零山

这是唯一能埋葬诗人的地方

一只火红的老虎

它如果不涉过河面

就即将沉入河底

化作水中最后的涟漪

此刻，理性的玫瑰

绽放。开在时间的渡口

像燃烧的火

又像绝世的光芒

周 占 林 诗 选

我就愿这样默默地盯着你

病房的墙壁已经发黄

那些泛旧的设备

依然在正常地工作

在这一刻

我的心和药液滴落的速度一样

慢慢，慢慢

害怕过速

让你的心再一次早搏

我坐在简陋的小方凳子上

不敢让身体左右移动

因凳子的铁腿和地板砖摩擦的声音

让再强大的心脏也无法忍受

窗外的挖掘机正在起劲地吼叫

那钢铲扎进土里的动作

和我此时的思维一样

其实，在所有的噪声中

我的耳鸣已经遮蔽了一切

只有坐在病床上的你

让我渐渐安静

我就愿这样

永远默默地盯着你

哪怕没有一句话

无声的词语却会像河水一样流淌

黄 土 路 诗 选

词语的世界

有时候，我们用不可知、不可能

把被毁坏的一切重建

比如一间有光的屋子，你听到光的瀑布

它像一种美学

两只飞进飞出的燕子，把爱筑在屋檐

孩子们会长大，然后练习飞

话语还营造了偶尔的晴天

更多的时候是阴雨绵绵

我们用阴雨营造离别

风总是从我吹向你，从你吹向更远的地方

我们还营造相聚

像一朵云，撞向另一朵云

它们下成一场大雨

哗哗流淌，挂在前川

而你在温暖中推开窗，遥望瀑布

用一连串的动词，梳妆，打扮，感叹天气

目光随着青山流转

远远地注视着山前

语言像一棵树开始长高，偶尔也枯萎

我为了看得更远，爬上高处

变成青藤。由此装饰了你

一棵树一样的人生

文 佳 君 诗 选

在乡下

父母在椅子上打盹
归栏圈养的鸡鸭不服气地在争吵
小狗小猫在打闹
花们树们自顾自地开放和生长
藏猫猫的孩子对我们视而不见

我赖在乡下不想老去

暴雨中跳舞的树

如果没有电闪雷鸣
我不可能知晓：
黑色中，树的剪影
平分了窗中之人的舞蹈

罗 广 才 诗 选

欣赏黄果树大瀑布的另一种方式

他们在狂呼，她们在欢腾
在纵身一跃面前
那些记得哭声的人，走远了

44公里外的快捷酒店里，还有诗人
排兵布阵，汉字也在山壁垂直
像奔波也像被谁追赶而跌落

有很多人是从我们的视野里消失的
黄果树还在，这巨大的白布似在等待
涂鸦的人群

画满了的抑郁寡欢或怡然自得
刻足了风雨交加和春天的绿或黄
窃窃私语的人手里还没有画笔

我是穿越过水帘洞的人。他们不能
他们被流动而阻拦。而我能
用目光穿越水位或未来

不在现场是欣赏黄果树的最高境界
就像一种消失，生理的也是物理的
已经有谁正准备回收你我的哭声

安　谅　诗　选

体温记

地球温度上升，人的体温

在下降，是天生

想摆脱束缚，自由飞翔

升温，是一把锋利的刀

正一寸一寸地削去

冰山的雪顶

而现代人越发疏远

是不是体温下降

让血愈来愈冷

不过，我的体温

比年轻时低了半度

冷淡了许多身外之物　　挺好

丹 飞 诗 选

春天和我或拾光者

春天和她相隔一匹风马

史前的口唇期

说出鱼和征候

宝蓝的浆果

盛在海心的裙摆

阳光奔跑

春天和你互文

这多情的幻象

与实相的边界暧昧不明

我一个春日一个春日地丈量你

直到我在你的梦里发梦

闭上天眼

目睹暮色蹑脚

将春天和我或拾光者围拢

杨 放 辉 诗 选

这世界多么安静

风把青草摁在山坡上
青草艰难地爬起来
然后站直身子

青草此刻正在愤怒
但它的声音小
而且轻

没有一只耳朵
愿意贴近尘埃
听它声嘶力竭的呐喊

这个世界好像也是

老鼠背走你的谷粒
不肯为你关上粮仓
秋风吹皱你的心事
不肯抹平你的忧郁

背叛你的人
都是被你用心呵护过的
云朵的假　下得雨一样真

冬天说花　夏天说雪
撒下种子喂了麻雀
棉花在六月
不知道该如何安置自己

花朵有时开出血来
流满春天的坡底
没人能用下游的痛
止住上游的伤

龚 学 明 诗 选

另一个世界

在我们的身边有另一个世界
声音、光、风
它们都是看不见的
但它们存在着

父亲和其他逝去的亲人
并没有走远
他们变成声音、光和风
时时包裹着我

意义

乌篷船在做假装的游戏
阳光跟在风的后面探寻

张嘴的秋天将果实放在一侧
船舱落寞，没有载上人声

谁在咬谁的耳朵
不是悄声说话又是什么意义

花的担忧让崇高的色彩变暗
蜜蜂酿蜜的过程，慌张如贼

钟表宽厚，留出一小时的过滤
面对面的椅子取出平静的眼神

雨覆盖夜色，山峦不善回忆
轻晃的树叶在计算变红的时辰

周　庆　荣　诗　选

向藕致敬

本质的时刻即将到来。

面对深秋后的残荷，我看到的是老者骨感的站立。

高洁之美从来不为后果而叹息，残荷是我眼中的榜样：超越那
些总能志得意满的时令小蔬，它们宣告藕的时代的开始。

仅仅是藕吗？

是真正沉默在泥土下面的生命。

仅仅是藕孔？

是它们必须学会不被窒息的关于呼吸的哲学。

当残荷暂停通行的赞美，忍耐者应该收获最精美的秋天。

残荷立在深秋，它们等待藕的出场。

它们要向藕致敬！

风筝往事

虽然，空间辽阔得可以容纳所有的风筝。

总有风筝会互相纠缠，顺着筝线，肯定找到牵着线的手。

纠缠的风筝形状各异，龙、虎、羊，甚至蜻蜓，它们在天空集体热闹。

生命史上司空见惯的规则在天空经常失效。

比如龙虎会败给羊，蜻蜓成为王者，独傲空中。

更多的时候，一旦风筝开始纠缠，都会是坠落者。

牵线人无法左右，他们是理想主义者中间那些无辜的人。

我也有关于风筝的往事：风筝高高在上，我在田野奔跑。

梁 志 宏 诗 选

数字化时代与我

晨起拉开窗帘，开启了崭新
一天的帷幕。打开智能手机
扫码骑一辆共享单车出行
进超市或书店，刷支付宝购物。
偶尔坐小车外出
北斗导航仿佛安了千里眼；
车载电视正播出天宫画面
航天员送来宇宙级的节日祝福。

这十年五载，渐入老境之我
在现实和虚拟的世界切换。
步入云端探微，采摘星光闪烁的
信息，坐在线下线上论道。
数字化时代，我感觉心有余
而力不足，不懂得云计算；
只是计算暮色中脚下的行程
把握好灵魂与脉动，莫落伍。

李　勋　诗　选

橡皮擦擦去的落点

白鹭，是我在家乡涨渡湖边
见到过最洁白的鸟
她的性情也是那样洁白

当一片掠飞的羽毛挂在池杉林上
她也是不动声色莞尔一笑

那些像采桑子一样路过的人
内心却也不忘把一湖水洗得发亮

白，是这里装点景色的一种符号
无论你的心情回到哪个落点
一切都曾经在爱过的这片河山

有时，我还一个人跑来发一会儿呆
老是想将等了许久仍旧苍白的爱情
摘一枝陪伴的花朵回去

刘　源　望　诗　选

母亲的营养学

上世纪80年代初期

每次寒暑假回家

没有读过书的母亲，总会

专门为我一个人

杀一只母鸡

说在外读书辛苦

还要看着我不折不扣地吃完

一口汤都不能剩下

母亲总是对我说，鸡有

一滴营养

但不知在哪里

费 新 乾 诗 选

凌晨四点的大海

这是凌晨四点的大海

黑色的海浪

翻滚灯火的碎片

梵高的星空在旋转

脱掉衣服

身体的白彼此照亮

做海的浮标

被风拉扯

这是凌晨四点的大海

埋进海底的阳光

依然温热

是谁喊魂样唤我们的名

海里的水鬼

可是故乡湖里的那只

这是凌晨四点的大海

熄灭身体的白

融入黑色的海浪

他是母亲

也是父亲

每一次翻滚

是毁灭

亦是新生

王 长 征 诗 选

香山清晨

这个早晨需要一句好诗

唤醒满山寂静的草

唤醒干净庄严的天空

秋日是一个盛典

清晨是美好的序曲

延绵不绝的喜悦

从广场开始

翻过山去

一路掠夺昨夜残留的冷霜

时间可以被切割

最为甜美的一块

有竹子的清香

缥缈而又真实

斜挂在旗杆

成为高高飘扬的音符

我从山上走下

在这里触碰清晨柔软的腹部

在露珠里晶莹

在风中摇摆

在一首诗的逗引下越来越清晰

秋天来了

亲吻草地上跳跃的生命

才能感受季节的音符不断起伏

冷雨的尖叫

撕破夜幕的裙摆

追逐蝴蝶的花瓣停止摇曳

是谁送来了一支摇篮曲

让睡眠多了落叶的颜色

睡吧！亲爱的

那些苦痛

明天就会变成陈霜

滚动的泪水落到地上

就会被大地宽广的怀抱彻底烘干

杜 立 明 诗 选

大雾中

远处的大山

将沉重的部分收藏起来

面孔轻盈

老人们若隐若现

像是在飘动，但双脚并没有离地

失去枝叶的树，瘦骨嶙峋

有鸟声还躲在树干里面

有汽车经过时，山峦开始走动

村庄在喇叭声中

稍微动了一下

右手

年久失修的右手

仍在接受滋养

接受翻云覆雨

茧子内不再险象环生

风有多长，阳光有多重

一闪而过的敌人，时间的擦痕

在挥手间弯曲、释放

对热烈保持警惕

握紧稻子和蔬菜

给衰老留点面子

暗中修复内心

独自浅薄

贺 永 强 诗 选

在秋天与一片叶子重逢

秋天的尾声

我捡起一片树叶

咀嚼过去的时光

重拾曾经的自己

我发现了昨天的模样

记起前世今生的缘分

在长久的风雨里约定

久未谋面的人走过来

握紧未来已来的手

今天霜天雪冻

北风的间隙中

翻开堆积如山脉络起伏

流言蜚语随远去的涛声相映红

看得见的凋零

枯荣挂在前头

我在寻找什么

我能找到什么

眷顾回不去的过去

回望无声无怨无悔的影像

在定格在回放在过滤

只剩下一叶障目

秋阳如血拦腰相抱

踩着了我踮起的脚尖

前无古人

我无退路

为秋天让路

您先走

我陪上一生

汤 红 辉 诗 选

夜宿鸣沙山下

晚上八点，太阳还不肯落下去
凌晨两点，我们还不肯进入梦乡

帐篷是地上的星星
天上一定有双眼睛在望着我们
祁连山顶的千年白雪，化成飞天的飘带
送来欢喜与清凉
而星星次第坠落，在一曲羌笛中沉没

在这里长幼无序，我们都是数星星的孩子
鸣沙山靠背而坐，沙子静默不语
怀想有一支驼队踏着胡歌和弯月而来

远处鸡鸣声起，人间安好
只是一夜仓促，醒来秋已临

独对月牙泉

只有置身于鸣沙山梁，才懂得瀚海二字的内涵
这沙漠的前身一定是海，或者拥有流水的梦想
连天的沙波纹，仍保持海浪的身姿

匈奴、党项、月氏、乌孙、粟特、回鹘、吐蕃先人
使千千万万颗沙子，在驼铃的梵音，或历史马蹄声中交融汇合
鸣沙山下从事骆驼骑行的老板娘生意火爆
卷发、高髻、黑皮肤，掩盖不了血管里的基因

我黄皮肤的脸上，也拥有高鼻深目的回鹘人记忆
月牙泉轻轻咳嗽了一声，激活了我体内蛰伏千年龙虎之心
白昼，静卧沙滩等待潮起
黑夜是虎豹，仰天长啸大漠黄色雄风

梁 子 诗 选

在丽江古城遇雨

昨夜抵达有些晚了
一进门
便觉满屋生香
月光如水
从高高的山上往院子里
薄薄地倾注

一场雨的邂逅
类似于爱情的口角
闪电和雷阵雨正在持续播报

咖啡在午后时光机里研磨
依山傍坡的二层小酒馆
又迎来新的驻唱
慵懒是一种什么样的气质
他的老板已不知去向

雨水像金丝猫走过长满青苔的房顶
远处的玉龙雪山
在烟雾缭绕中
显得更远

金 呼 哨 诗 选

青丝

一只黑白相间的长喙小鸟
落在客栈五楼我的窗沿

它的啁啾，让我好奇
踮起脚尖，轻盈靠近
想与这只仙鸟亲切交谈

它衔来的是神农奇峰缭绕的云雾
成为缕缕青丝，缠绕我肩
是神农大帝馈赠的一条围巾
我闻到枕边弥漫的香甜

青丝不只是缠绕我的胴体
一直缠绕着我的梦幻
你就是那只仙鸟吗
深切地啄伤了我的爱情

李 晓 峰 诗 选

午夜

这里，将死的叶子们被反复观瞻与赞美。
小窗外粗大的竹子，今夜被一节节照亮。
那是电灯的光芒。
灯火摸上唯一的绿色，
令人想到放凉的咖啡。
我抱起巨大的爱人，深秋的茶刚熟
像老银杏上刺眼的阳光，一模一样。

　　语言的边界

肖 隆 东 诗 选

时间

风吹涟漪，就像你的手指
轻轻划过我的心田
时间已把药熬好，你
慢慢喝，慢慢变老
它会渐渐愈合你人格的裂变

时间是孤寂者的遮羞布
生命啊，你不妨大胆一点
因为我们终究要失去它
对一只蝴蝶而言，每一个
不曾起舞的时间
都是对生命的辜负或者背叛

周 步 诗 选

赤壁怀古

这就是和枭雄对决之地了
我知道虚构的成分太多，但火焰是真实的
江水是真实的，胜负也是真实的
那场熊熊大火啊，让多少生灵涂炭
至今想来依旧让人不寒而栗
而此刻，风平浪静的江面上
我只能靠想象来完成
樯倾楫摧的场面

但我不能作为局外人
如此宏大的场面，我必须置身此中
哪怕做一个小小的弓箭手也行
哪怕灰飞烟灭中捡得一条性命也行
不为别的，只为遥想公瑾当年
小乔初嫁了的形象
定格成历史的栩栩如生

林 春 泉 诗 选

镜子里的事物都戴着面具

一头野兽困在身体里，指挥我一遍遍拂去凌乱的头发
有很多事情等待去做，又有很多事不必去做
一本书拿起又放下，没有一个词语让体内的野兽安静下来

疆域越来越小，虚胖的身体有过多的水分
沦陷区越来越大，我一退再退，坚守过得所剩无几
驯兽师的鞭子失灵，赤红的眼睛要喷出火
燃烧即将陨落的命运

我不会喊出疼，一把斧头要砍掉多余的部分
很多事物被烟雾包围，无法看清蜂拥而来又四处逃窜的面容及
其背影
镜子里的事物都戴着面具

一把刀闪烁欲望的光芒，焦虑逃不出这个上午
某些想法被刺破，脱下伪装
一群羊缓慢地走向田野，低头吃草，抬头看天

李 志 鹏 诗 选

石头比铁硬

弹簧
上下左右摇摆
石头比铁硬

你面向田野，山川，河流
仰望天空
月亮比星星亮
时间比路长
你脚下的事物
包括整个大地

你比弯曲的铁硬
沉入海底而托起大海
站着比山峰高

阿 琪 阿 钰 诗 选

青海湖

青海青，青出于蓝，蓝上三江源。青海湖
上帝用青色的眼泪
填满一个四千五百平方公里的坑
唯一的黄是无情地围绕这滴泪水
绽放的油菜花
西部高原，这白云深处的国度
年复一年地头顶天空的荒野
日月交替不停地奔跑着腐蚀时光的红霞
披着绿衣的骆驼刺指向紫色的无名花
青海青，青海湖青，七色光芒
演绎着的前世和今生
你久久地睡在那里
与岁月一同
做你亘古不变的青色

银川

我命中五行缺金，野草在艰难地成长，阳光很充足
这片土地上，有过多少无名的墓碑和头颅

我尊敬的羊群们。爬上了餐桌，酒
和黄河的水一样永不停息，她们流过
天上银河，地上银川

聂升举诗选

恐龙蛋化石

在我重见天日后，山河恍惚，仿佛有
光线倒退，时空漂移。
从酸雨、冰河为我身体镂刻的沟壑里，
有人看到了完整的经络而有人
看到的是残缺的轮回。
消息说"鳄雀鳝在某个水域被剿灭"，
消息又说"绝迹十年的鳕鱼在长江重现"。
我听不懂任何消息但知道
万物出生时结局已定：有的要死，有的要活，
有的会变成和我一样的石头。
当我说出死因却无人复制石头中活着的我时，
世界就只剩下
一个石头在借用另一个石头的命。

许 承 诗 选

青山杂记

抒情无法抵达的地方，海浪开始退落
一个人朝青山边缘走去，泪水全无。

绵延的五月，有人在阳光下咳嗽
古道旁，赶羊群的人，坐在石头边休憩。

抬头看向天空，群山环绕
嶙峋而陡直。微风中，树叶回响
声音宛若流水，从身边经过

眼前一小片荒芜地，野草如人群般拥挤
青葱，却不知何为岁月。

朝青山深处走，站在最高处
去看羊群如何爬满山坡
去看落日，如何一点一点消失在人间

曹 雪 健 诗 选

车遇湿滑路段

开车驶过暴雨的咽喉。手腕

被雷掐住。胡楂绊倒手掌

眼睛蹲踞一角。（一棵枯死的

树，被另一棵活着的狠狠抱住）

水坑因为站得笔直

被别的事物认领。直到车撞倒水坑

它隐忍地暴露。车上，乘客顺利晃成着火的森林

远光灯：一双筷子

搅断抽到车皮上的雨链

一段盘山公路朝夜空猛吐芯子

我们受到潮湿的引诱，蜕去眼皮

目光凝固到黑暗里，只有心脏搏动。

一直朝上，地面半坐着。这辆车，顶着嬉笑的暴雨

然后沿着山的背侧向下挣扎——

一只白矮星，正滑向黑洞。颠簸，坍塌

我们都是西西弗斯

垒石

我跪下去时
云和云挨得那么近
虔诚是一把刀
是白房子，红房子
和它们头顶的鹰
是干涸古道
源头的母羊
是一扇爬满尘土的门
红石崖檐口上悬着的绫
一层一层垒石
直到那把刀死去
活来
反着微光

周 朝 诗 选

窗户

把眼睛敞开　尽管
林间的寒冷依旧遍地冰雪

车辆和行人摩肩接踵
拥挤成朝向阳光的河流

春天已经动身
在有雾霾的早晨　表情复杂

家乡

这是无数年以来　我离家乡最近的一刻
木讷的风声　草帽压弯的年龄
以及新翻泥土的艰涩
皆经由村舍　扯痛漂浮的内心
我的抵触　我的肤浅　我的疏离　我的茫然与不安
也会戛然而止　在此刻　在寒露零落的村口
隐匿于文字深处的小桥流水
被一条路落满的旧时光　像被刀锋一样穿透

晓　清　诗　选

迟迟

茅房前有紫藤编织

远在诸地的花园悉数萌生

白杨树上还剩的几片黄叶

摇荡着与冬季逆反的身姿

一片片洁白的雪花翻飞而至

似三十年前汉阳门登上故乡的船票

让空守无着的岁月沉重如铅

燃起一颗经年封闭的木炭

随火苗飞上寒冷的云端

如足踏涟漪的仙子

投入池波卷映的青天

张 震 宇 诗 选

石矶头

枯水季节，石矶头裸露在外
容易被人忽视
顾名思义，石矶头
应由顽石垒砌而成
它是聪明的人类在险要的河段
安插的一把尖刀
直指河流的心脏

河水喜怒无常
一波高过一波的洪峰
咆哮而来，肆意撕咬着堤岸
然而，当它们遭遇石矶头时
不得不小心翼翼，快速地逃离
眨眼间，就像凶猛的狮子
变成了乖巧的猫咪

王　恩　贵　诗　选

故居

春风穿过篱笆墙，叩醒房前屋后

桃树、梨树、李子树的花蕾

长三间两边转的小瓦房陷入了花海

父亲站在院角，对着他的杰作惬意地抽着烟

母亲带领我们把灶房的草木灰

一兜兜运出来，作为肥料，埋在果树窝里

枝头的花，一朵比一朵艳

仿佛每一朵都来自母亲的笑脸

后来，高速公路修通了

故居只剩下靠山岩的一堵墙和一棵梧桐树

夜里，总能梦到墙上招摇的野草

以及树上那个老巢

———一窝小鸟在大鸟羽翼下，头挨头

紧紧依偎，多像小时候的我们

零 零 诗 选

热带雨林

总有一块积雨云始终盘桓在头顶上
雨不停地下，怎么也下不完
你身体里的潮湿
桉树一样，不停地向上长

高于生活的桉树摸到了闪电
在命运的最低处，蘑菇的伞一只只
打开，一只只凋谢。雨季那么长
一个人的眼睛快盛不下了

沿着亚马孙河，伐木者溯流而上
一棵棵玫瑰木和桃花心木
被砍倒，顺流而下，不知所终

现在，你坐在阳台的一张椅子上
如果听见了里面哗哗的雨声
就找到了一个可以说话的人

是的，你坐在一张椅子里
像一棵桉树，周围长满了玫瑰木
和桃花心木。一座雨林
正向你围拢过来

赵 少 琳 诗 选

闪电

一块石头在山坡上滚动

是狮子和白熊在河边啜饮

抖擞的长鬃将岩石照亮

夜被骗着只留下鼓声里的鳌足

只留下行草在碑林的深处

灵芝时隐时现就像起伏的帆影

有人准备了绳索　锤和凿子

要把最远的河流带回家园

带回殿堂成为父亲

是的　声音和目光来自头顶

那不是鞭子　不是废旧的钢铁

那是花园里的一只飞鸟正在授粉

廉 刚 生 诗 选

等一封旧信

我一直在等

等着一封信

从夏天，杨柳树上长满了绿叶

等到了秋天

叶子飘落到地上

聚散在院落、街巷和河边……

到了寒冷的冬天

那封信还没有来

而雪花

却伏在我的耳畔轻声地说

信正在路上

日历

翻到了下一个年度

当春天来临的时候

邮差送来的

一封信里　不仅有文字

还有体面的琴声和花蕊

李 永 才 诗 选

一个人的漩涡

据我观察，一个人的漩涡
像无色的浆果，抛洒在树枝和窗子上
雨水的灰烬，无法用陈旧的邮筒
去收集和传递
如果要把少年的雨声
送到暮年的僧庐，须有一只客舟
在窗台与梦之间摆渡
那些雨后的尖叫，刺穿了椭圆的梦境
已没有多少真相，值得信赖
江天何其辽远。在断鸿的经验里
雨声是一种怀念
夜雨敲窗，在不同的空间延伸，转折
等待千年之后，在浆果的花园
生长不一样的苦乐与春秋
而雨水与窗子的关系
是一种应答、抚慰，或许会带来
更多的不确定性

柳　苏　诗　选

水里有我的前世和来生

小时候，我就常常蹲在
暖水河边想心事
对河水的情感由来已久

后来河水越来越少
接近干涸
我开始钟情于一杯水

水里有我的前世和来生
聚积着我所有的忧伤和快乐

李 国 坚 诗 选

我在练习竹篮打水

雨从黑暗中

筛下来黄豆绿豆红豆

子弹以及花生米

雨柱伸出无数双手

在车顶车身车窗车门

敲门敲窗试探

撞开更多的空间

车前的双闪灯萤火虫一样闪

生活的梦与幻每天交织着

在模糊的雨世界

我在学习竹篮打水

是否，要调整一些思路

即使不能接近目的

也拥风雨入怀

程 杨 松 诗 选

屋檐：晾晒的生活已成旧事

冬天收割剩下的人

被阴冷撵出的人

适宜置于墙根

用一把木椅子安置暮年

该说的都已经说完

那就沉默

风吹了一辈子

脸上的褶皱只对应时间

不对应心事

屋檐下，齐整堆码的柴火来自远山

晾晒的生活出于田野

农具风尘仆仆

——那已是很久以前的事了

而今都有了岁月的锈色

打磨出时间的包浆

当年从屋檐下离开的孩子们

归期未定

夕阳又急忙忙打马西山

你一寸寸灰暗下去
当夜色降临
你被落日逼出的影子
全部还给了日趋缩水的肉身
像是一种驯服

于是，多少人间的旧事
都低了下来

第七辑

真的尺度

王　小　妮　诗　选

大雁经过

大雁真的排成了人字

队列上下扑动

忽然贴近湖面

也许希望有谁能加入它们

可是这儿没有人了

带走我已经不可能

我离开我的身体

不知道多久了

鸽子

我下楼梯，它下楼梯

我去水边，它跳到水边

不怕人，不说话，也不离开

那鸽子一步步走近

像要靠过来保护我

我拔草的时候

它灰闪闪的眼睛一直侧望

这么心事重重

不怕把我惊飞了

蓝 蓝 诗 选

但那不一样的是

但那不一样的是：
生活在水底的人们应该浮上来
换气，沉浸于靡靡之音，
继续相信爱即使你能听到
鞭子在窗外啸叫；

坚持在波浪上种一片水稻，
用阳光的影子画生活的草图；

应该不只是吐泡泡，哪怕
被迫待在沉船里——用各种方式说话：

发明新的拼音，新的苏美尔语，
新的甲骨文——在纸上
大脑的意识屏幕上。爬上奥德修斯的船
在甲板上跳舞，用船桨
推开五万亿吨黑暗的压力。

或者至少，抱紧内心的伤口，
在沉默里分泌你幽亮的珍珠。

幸福

在这座小站下火车的时候
看了一下手表：
凌晨三点四十二分。

拖着行李箱，穿过长长的
亮着路灯的街道，
拐进黑暗的巷子——

眼前依旧是熟悉的家门，尽管
这次是在深夜，却更为清晰。

蹑手蹑脚在窗下听了一会儿
里面的声音，想着
爸爸妈妈熟睡的样子。

感到
什么都不再需要的幸福——

深深呼吸着黎明时的空气
坐在门前等待东方天亮——

那时辰，你就像没有穿盔甲
也没有敌人的战士
守着父母深静的睡梦

——和满天的星辰一起。

荣　荣　诗　选

青山湾

这细腻的沙滩，
绵绸一样铺展开来。
由此漾开的海水是同质的，
一望无际的柔软。

黄金的柔软与蓝玉的柔软。

谁为谁弯曲谁为谁迂回？
谁又对他们设置了界线？
一种大柔软不停地作别她的小柔软。

痴迷

我没看开的光景一遍遍勒索着内心，
它耗尽了我力气和耐心，让消亡提前上路。
我有的是流离失所的爱，
有的是骨肉撕痛和分隔。
为何还不释然？
你走了很久，我仍没有流泪，
悲伤太高远了，眼泪要翻山越岭。

　　语言的边界

娜　夜　诗　选

遗址

——仓央嘉措修行之地

他是一个例外

右墙已经坍塌　左墙在
雪是薄的

时间永远平静
我的心思陡峭　汹涌　需要一个出口

我匍匐
嘴唇翕动
落日和群山随我一起俯下身来

云朵飘出的寺
在天空停留了很久　另一个时空

明天的一场大雪
白了布达拉宫的头　他是一个例外

林 雪 诗 选

我爱那深信不疑，又初谙忧愁的时光

连绵细雨……蓄满苍穹的眼眶和肉体的堤坝

降落在世界中心。对我来说，民生镇

那一排错落的泥巴堵缝的圆木平房

就是我的心脏。她左侧的大田里

玉米和黑麦饱汲琼浆，树把自己摇成

整棵泪水。她右侧男人和女人

手执鹤嘴锄，在稻子和蕨类的眼泪里

转身……藏身在茂盛的常青藤上，

我听见雨水不只沐浴活人

也荡漾大地深处那些死者

我爱那深信不疑又初谙忧愁的时光

还有那些微小的东西

一只瓢虫在藤条上痛哭流涕，周身是泪

和我一样空有一副灵魂，一副

深信不疑，又初谙忧愁的灵魂

不因怀念而解脱，也不因放弃而遗忘

胡 茗 茗 诗 选

母亲之循环

母亲，我正在一天天活成你的样子
当我对女儿唠叨、诉病痛，操心三餐
穿着女儿的衣服并被忽视，有满腹想念
一见面只谈论猫咪和天气，那一瞬
我看到我的背影正和母亲重叠

是的，江水不知觉中流淌，母亲
一定也曾在被窝里偷偷落泪，也曾
夺门而去四处狂走又灰溜溜回来
三代女人牵拉的衣襟，相互转换
疼爱、嫌弃，相互嫉妒她身边的男人
一颗为母的心哪，越老越徒劳、沉默
一盆接一盆，往外泼

孩子你看，天上的飞蛾不但在寻找小雏菊
也寻找灯火和傻乎乎的牺牲
母亲你看，月亮在起风的时候
再孤独也有虹晕抱着，那么紧，那么复杂
白茫茫的，不透风

葭苇诗选

新房客

我在你的床面
看见自己的倒影
四肢排列成句
填满一个失去的轮廓

清风走动，面容空荡
苦药和蜜饯的残渣
深陷缺氧的指甲缝
你读过好多遍，最后一遍
你忘记你也在诗边
日日开花，日日败果
五月比救护车和求爱更忙碌一些
1991年，你在哪里
我还在加快节奏出生

我为我的出生
提前偷来一个惊叹号
安放在现下被摆弄着的
火车时刻表
和僵死的鸦片鱼之前

枇杷的软皮让镰刀变钝

你的语言让我记起

我身处另一个国家

从第一朵花开始

我进入你房间

你进入我生命

占领你，解放你

肉体微红

泼洒出孪生的味道

我拆掉气味如同拆掉一个器官

我是玫瑰也是花椒

你洁净的唇张开我必须认输

可是，这多么快乐

梁 小 曼 诗 选

彩虹火车

虹身里开出的小火车
圆脑袋的小矮人，圆的手
圆气泡裂开，一响指间
童年便过去了

她还留在原处
等待冷昼般的亲吻
落在那旷日持久的荒漠
于水中渴求水源
解开衣裳，溢出苦涩的乳汁
那一直未被拯救的
与蛇果一样无辜的欲念

它们如光斑投射在此刻
天窗前经过的一辆
驶向过去的彩虹火车

阿　毛　诗　选

病中的几何学

需要射线

或弧线，或抛物线

或者方形、长形、菱形、角形

但不是圆

而自然之声的圆满

辨出在床上听到的

唰唰声不是雨点

是雪粒借鸟声和诗人

浪漫的元素

给甲减者

少碘的盐

而美与偏执

让她在雪中的鹅卵石道上

披上纷飞的梨花衣重复上下坡

和影子互殴的寒冷与孤独

不剪辑绿皮车和平行道

而量体裁出处方药和百衲衣

安 琪 诗 选

水与永恒

时间凝固

水获得了永恒。它们紧紧抱在

一起，被不可知的神秘凝结成冰，永远

不融化，亿万年了，当初的一滴水永远是

当初的那滴水，不死的水啊，只有不断

壮大的生命，毫无挥发一空的恐惧

在云丘山冰洞群

我感到造化的不可思议，满洞拒绝融化

的冰，无论春秋，无论冬夏，无论烈日

无论狂风，都动不了它们死守洞窟的心

在这晶莹剔透的世界里我没有说美

我只说奇异，我只说自然意志无法探究

我轻轻摸了一把冰

有一些水

瞬间死在我手上

娜 仁 琪 琪 格 诗 选

仰望

我站在这里　雨中久久地站在这里

就是为了看到这一刻　在浓厚的

压迫沉重的　铅灰色的积云中

明亮　撕开一个口子

露出微渺的蓝　浅淡的蓝

一丝丝光线的蓝

这是经过巨大的酝酿　忍耐　煎熬之后的

突围　突破　冲刺

如婴儿的诞生

这露出的光　是走出黑暗的灯盏

是照彻晦暝的希望　是巨大的涌动

是羊水的抚摸　微漾　一浪高过一浪地推动

终于　现出的天光

秦 锦 屏 诗 选

豆蔻

冬天总是很浪漫
岭头红梅开
无论多么清高，总有人寻香而来

大雪中漫步，不知不觉都白了头
寒风已把年轮吹老，但我心不老，总是巴巴地望着
萌动的春天

冰消雪开的春天啊，我要将窖藏的笑声连同
这水晶一样的心，化作了哗哗溪流
你看，你看
在我喧哗又洁净的心中，你依旧
豆蔻倩影

张 映 姝 诗 选

卖菜的女人

一小堆土豆，一小堆白皮牙子
小而光滑，可爱的模样
这，就是她所有的货品

几个尿素袋，铺在土豆皮牙子后面
一卷塑料袋，柔软的枕头
她向里而卧，睡意沉沉

我看不见她的脸
就像她听不见巴扎嘈杂的声响
不要打扰她啊，不要——

姐妹俩和山羊母子

四只山羊，两对母子
母羊沉静，小羊咩咩

十四岁的姐姐，默默地，握着牵母羊的绳子
六岁的妹妹，蹲着，和小羊说着话

一句随意而合乎情理的问话
一块坠入水面的巨石

四只羊，一千六
要一起买。急切的一句，不可言说的心思

姐姐的手，一下握紧了绳子
妹妹抬起的蓝眼睛，泪珠摇摇欲坠

我制造了一场风暴
之前，她们已经经历了多少场

这一天，她们都在风口浪尖上
风暴的中心，两对山羊母子安然

阮 雪 芳 诗 选

写信的几种状态

坐在南方的雨夜
写雪
白纸等候汉字
邮递员的靴子深深陷入

乌鸦
吞下一团火焰

雪比雨
更懂表达：冷，干净，覆盖
雨中雪，一个熟睡的婴儿

火在此时
是个冷静的闯入者

崔 丽 娟 诗 选

有后缀的时间

一枝玫瑰花，一段爱情
哪一样会更为长久？
问月亮，它羞得躲入云层
镜子里真实的影像
总是相反

时间都有后缀
比如皱纹，比如青丝变白发
比如握在她手心的半把木梳
断了齿。又比如
妆台胭脂，渐失了颜色

低头向那枝枯萎的玫瑰
也向被时间遗忘的后缀
爱情，尽可用来虚构命运
你正用，半生的笑
我反用，半生的哭

咚咚咚，一阵鼓点紧擂胸腔
敲响生命最薄的那堵墙壁
按压奔突狂跳的心脏

我将浪漫，深情，热烈
储存进心灵的金库

玫瑰花忘记绽放到枯萎的过程
矜持击败行动，虚无认领思念
你在天街，打着——灯笼
我在云中，折叠——纸鹤

莫　笑　愚　诗　选

梦中的房间

房间里堆满了熟悉的旧物
一扇门通向客厅
我来之前，沙发有人坐过
她将余温留在那里，让我猜度

那一定是你。20世纪90年代的肥皂剧
还在电视上播放，荧屏的噪音像银粉
在整个房间里飞舞。那时你无处不在
现在，你是角落里的微光

你的香气充盈房间，影子挤满沙发
所有的旧物向着另一个房间倾斜
阳光照在地板上，尘埃如金，你是尘埃
也是金子——你是通往另一个空间的门

我们曾经如此亲密，现在依然纠缠在一起
像孪生姐妹，像尘埃拥抱光
不完美拥抱完美
晨露拥抱永恒

子　梵　梅　诗　选

跑步

经过一株女贞和柠檬
这是我跑步3个月后
第一次看见这条路上的女贞
我喜欢这个名字
甚于女贞树本身

接着我看见头顶
悬挂着一颗昏黄的大月亮

路上有人遛狗
嗅着可疑的血迹
能清楚看见一些碎玻璃
及其冷冷的反光

谁说过这样昏黄的大月亮
预示着明天将暗无天日？

我突然停了下来
中断额定5公里的跑步
谁在傍晚和世界较真呢

劝我动摇的力量是什么
显然超过之前某些放弃

我把手伸到左边的口袋
摸到两枚相同的硬币
它们被我攒在掌心反复翻转
类似一种占卜……

直到我回到自己的肉体
接着之前未竟的、剩余的道路

余 海 燕 诗 选

梦有重镜，天有星空

火红炉膛里，有隔夜的薯香

空气咝咝地凉了
在院子里
它们总有自己的理由
去展开一些爱莫能助的表情

现在，空气凉它的
我有炉火中的炭，温我余生

走路有轻音，猫有友情
丝草被我弄灭
五天后，它们茂盛地从水中冒出头来

一切有叠影，海燕有无数翅膀入画
实在是梦有重镜，天有星空

金 铃 子 诗 选

我明白那是一首诗

要是你观察到开花结果的微妙过程

你就不会为果实的坠地而哭泣

生就是死，爱就是恨。这孪生的姐妹

她们的感情那么浓烈。仿佛让你追求灵魂的深刻

又仿佛让你觉得

这一切是一件极其普通的事

有时候啊，我还没有弄懂内在的意义

就被生死击倒，被爱恨撕碎

有时飞过一只鸟儿，我就以为那是我的奶奶

从遥远的地方来看我

有时候飞过一只蝴蝶，我就以为那是我的爱人

是夏日炙热的生活那晃眼的阳光

那绿翅膀

一切都显得亲切，爱恋，温情而迷茫

我常常整整一上午，或者更久，一动不动

那种奇妙的，清凉的，在我身体流过

我明白那是一首诗

三 色 董 诗 选

暗物质

那些未被说出的事物
像一个深邃而隐秘的公式
让你无法破解
就像悄无声息慢慢腐朽的木材
而你却感知不到
像一个人在黑暗中的自言自语
它有时是粒子，有时是一件古陶器
有时是冷兵器时代的一把锈刀
所有难以辨认的事情，都令人着迷
你看。它越来越近
像落日一样砸下来，砸下来

艾 蔻 诗 选

雪夜

窗外的雪很安静

像皮肤白皙、慈祥的装饰物

他站在酒柜边

挑选最为陈旧的一瓶

他要同阔别多年的故友

边喝边等

迟迟未到的另一位——

那人独自走在雪地里

或许走累了，就坐在树下休息

或许忘记了，是刚喝完酒

还是去往喝酒的途中

又或许每逢路口

那人都辨不清方向

只好任凭直觉，随风飘荡

当年他俩就是这样等的

一杯杯痛饮

一遍遍看向窗外

雪野万里友人无踪迹

试想一下

如果雪是一种循环

死亡被无休止的行走所代替

如此相似的夜里

说不定，某个不经意时刻

彼此都已获得救赎

宋　晓　杰　诗　选

回乡

我不由自主地踩了刹车
不由自主地，我们惊叹
喜鹊在路的中央舞蹈，练习起飞
再降落，画着柔和的弧线
不能做贸然的闯入者
我们屏住呼吸，隔着玻璃窗
目光聚焦于一处，燃烧

高大的白杨，身披金黄的长袍
田野里，熟了的稻米把自己抱得更紧
秋风飒飒，适度的温暖与清醒
适度的感动，正是所需要的布景
一切都已准备就绪
这华丽的开幕，也是尾声——

我们看到了幸福，这大而无当的词语
空洞。被重新提及，再次现身
仿佛多年前，他们拧紧眉头
望着梦想中的金光大道
远远甩开身后的小村

李 桂 杰 诗 选

一只夜鹭选择更孤独的方式

去往高处

去往更接近天空的位置

站立　或者探索秋天

清晨的亮马河

一只夜鹭选择更孤独的方式

一群夜鹭紧跟其后

建筑的屋顶被夜鹭包围

芦苇在秋风中瑟瑟发抖

吹笛子的人独自演奏

用笛声占领公园一角

他面无表情

专注于自己的音乐

像一只在高处停留的夜鹭

在秋天

留下无人察觉的诗意

华　姿　诗　选

在植物园邂逅一只白鹭

它轻拂着翅膀，贴着

水蓼、菖蒲和黄色美人蕉滑翔

像一个提前来访的小微天使

挨近塘面时它忽地叼起一滴水

像诗人从词海里倏地拣起一个词

然后它站在荷塘中间的防腐木栈道上

纤长的腿，一只直立一只微微弯曲

并不引人注目，却又那么迷人

我其实是被它的孤单吸引

因其孤单而赞叹而赞美

有一会儿，它扭动长颈转向我

望着我，似乎有话要说

但终究什么都没有说

此时比任何人都笃定的是这只白鹭

它面向落日和渐渐逼近的暮霭

优美，从容。它像是我

一直在写却从未写出的诗歌

接受这一切吧！此刻稍纵即逝的

除了夕阳，还有白鹭起飞时你眼眸的光

不久我也会离去，被荏苒的时光载走

而白鹭会盘桓于此

在这个恩赐之地，与池鹭、池杉

百草和繁星一起，生生不息

在暮色与曙光之间

我还有多少年华可以虚掷？

袁 绍 姗 诗 选

观景台

云在白日投下烟雾弹
郊游的鸟，躲进深山

一座永生之岛
处处洞穴，处处私人海滩

投下一个劣币
历史给你三分钟清晰的时间

有些爬虫经过
有些重门深锁

一个痴人向第九个太阳
说完了梦，拉出满弓

若无远方，就手执一个万花筒
若无未来，就在工业废墟中仰望星空

川 美 诗 选

蛾子，松鼠，与灰喜鹊

我在林中小路上散步
一只白亮的蛾子，突然自高处倾斜而下
它拼命扇动翅膀的样子，真是失魂落魄
危险来自一只穷追不舍的灰喜鹊
翅膀跟翅膀完全不是一个量级

蛾子向小路左边一片黄花地逃亡
但愿它躲过一劫
当它脸儿苍白地藏在绿叶下喘息
是否也像我们一样，嘴唇哆嗦
连连叨咕，谢天谢地，谢天谢地

从小路尽头折回来，再次经过这里
我没再看见那只死里逃生的蛾子
当然，也不确定它真能死里逃生
而灰喜鹊还在，它正追逐圆柏上的一只松鼠
翅膀扑打树干，像做着好玩儿的游戏

羽菡诗选

云

云爱潜入山谷，徘徊不定
云翻，云敛
漠视这飘摇的尘世
岔道、荆棘和嘶吼的风

枯草隐没，坡上斜卧着石碑
苔痕长满旧痕
蝴蝶像破碎的信笺，山雀啼鸣如
叹息

云明白
万物，只是宇宙的喘息

苏 小 青 诗 选

洁白的象

满月下窝着大象
河水边，那苍白的莱布尼茨山（月球的最高峰）
背过身去，永远隐藏她的秘密

我为天空中某个星辰命名
并把我命运的一部分，留在那永不可及的
黑暗之中，我触摸到我身体的寒冷
月光之下，我的词语汇聚成河

我听到满月的长鸣
和热带的植物，爬行着，覆盖我的身体
它们无法阻挡地在我的细胞中
生长，繁衍它们幻想的种群
一种生命，巨大、沉重
占据我的灵魂

满月中洁白的大象
覆盖我的灵魂，高远的鸣声
传递沉睡国度的梦境
我们因此生儿育女

也必须对那些孩子们说起

我曾见过那巨大的生命

它们古老的眼睛

多么令人感动

徐　芳　诗　选

往事

我拿着那个拖着接线板的插头

寻找一个插口

要营造那种气氛

总要煞费苦心

今晚的月亮让人失望

一切也许都合乎逻辑

当我拿起那个插头

四面巡视……

那种奇幻的情节本来就源于虚构

一切都将化为梦幻

童年的时光早已消逝

一如我们发辫上的蝴蝶结

一些模糊的往事与经历

在少数的语句和动作、表情里

仿佛漫游于广袤无际的宇宙中

就像不同插头插口中的

电，无法被接到一起

但却仍有什么在辐射在闪出火花？

桑 眉 诗 选

银杏叶恋歌

银杏叶往下坠纷纷
金箔一样慷慨
撒向机动车道、斑马线……缩脖子的
路人丙乙甲

只有我会去捡拾
老了，如果你在（像酱园公所那晚）
俯身或屈膝就不需寒风来扶

我爱银杏叶的太阳色
血液里淌满黄金
也爱叶子边沿的缺口
像是经受过刀斧塑身雷电裁剪
抑或是单纯爱美

曾经，我为生命逝去恸哭怨怼上帝
至少在银杏叶坠落时刻
我原宥了无常
甘愿共同奔赴苍茫无期的命途

银杏叶是天底下最好看的树叶

是大地的书笺

是一首比黄金贵重闪耀的诗

我爱它（或爱你）却永远无法与之匹配

安 海 茵 诗 选

这时音乐响起来了

这时音乐响起来了。
月牙泉内部有窸窸窣窣的炸。

你从身后轻轻环拥，
耳垂擦过佩玉叮咚的风。

篝火就那么在雪坡上燃着，
荆棘一旦投入，跑得比鹿还快。

我一次次回头，确认你还是你。
西府海棠还是沉默着，既热又冷。

李 成 恩 诗 选

鸟鸣

鸟鸣弯曲，一条自然的管道
通向大海的清晨
乌云的翅膀收紧鲜花的窗口
雷声滚滚，无限放大的鸟鸣
忠告有时轻，有时重
砸在我头顶像一只睡眠中
突然下降的大鸟

大鸟发大声，小鸟鸣啾啾
我一只耳朵倾听鲜花盛开
另一只耳朵里大鸟在争吵
它们是世界平衡的两极

爱有爱的优雅，一个人提着鸟笼
在北方的胡同溜达，另一个人
骑一只大鸟飞向南方的大海
我就是"另一个人"

鲜花盛开的海边
海浪弯曲，像蓝色的饥饿的蛇
向我扑来，它抬起大海弯曲的头
要么吞下整个大海
要么被大海吞没

大海是一条宽广的路
饥饿的人
在大海上狂饮海水与落日
我耳朵里的鸟鸣
被大海放大为阵阵雷鸣

虫子

一条虫子，玻璃的
蓝色的，闪闪发光的玻璃虫子
深秋的果实坠落
我如梦初醒，沐浴月亮的清辉

淡淡的纹路，香水的逻辑
今天我披薄纱，脚踩晨雾

起床喂鸟，打翻香水
击中鸟的头，它叫起来
与一个女学生的晨读混淆

植物缠绕我
月亮胜过我的薄纱
连耳环都叮当作响

古老的椅子摆在厅堂
粉嫩的脖子
一条玻璃的虫子

宫 白 云 诗 选

黄山

在尘世，双手圈起喇叭喊一声"喂"
无人回头，更无人回应
这纷繁喧嚣里
小小的呼唤

在黄山，双手圈起喇叭喊一声
"喂"——
便有三五只鸟扑棱棱
腾空而起

异乡人

整个小区的人都叫他：小胡彪子
其实他并不彪
有一天，他回家撞见自己老婆
跟一个男人睡觉——
他抡起拳头，打断了男人肋骨，打跑了老婆
打碎了他家里所有的玻璃
他再也没有回家

他夜宿楼角超市的石阶

一日三餐都靠乞讨

每天上班，我都看见他举着自己的鞋子

当成电话，不断地说着、笑着

而这时，我的心都会无来由地咯噔几下

我曾给过他包子、馒头

还有一件棉大衣

元宵节后，这个异乡人突然地消失

像烟囱中的一缕烟

太阳在他留下的一片狼藉中

没落

梅　依　然　诗　选

江边

江水有时辽阔

有时狭窄

和人一样

而我有一颗

孤独的心

在这江边茂盛

生长

不需要人们的鼓励

她歌唱

这里的

野菊、刺果、枯草

绿蕨和漂流而过

的轮船。她们

都有各自的语言

亲近又陌生。有时

我翻动手中的一本书

有时折一根

狗尾草放在嘴边

感觉时间

消逝的寂静

感觉我的存在

和不存在

无敌物体

无才之人笑起来可有你们乐的。
一年多他没写诗被纠结于
黑下巴的形成原因
以及红霉素和凡士林的混合比例。
在冬天它们惯于装作矫健样子
而交易总是在幕后频频取消
珍贵照片不容丢失令人发嗦
在小面馆许愿一个大场面。
一个褒义的表皮：
有些霉斑——切掉可以吃吧
这个想法无疑来自杜尚。
不要在一张上过多停留
太用力了——稍微染一下就行
如果感冒。我不为明天担心
没有明天——擦掉清晰与硬的部分
某种持续的抒情性是必须的。

苏　笑　嫣　诗　选

夏末池畔欢歌

暮晚的风吹散树叶滚烫的余温

一阵窸窣的言辞

轻捷地跳跃在柔软的草坪

夹杂着池边学生的喧响

少年如绽放的花枝

怀抱着成长

那尚并不警觉的橘子

池水吸聚着夜晚的光线

潮湿的事物气味更加浓烈

朗诵团开始和声，就像群星

熊熊燃烧在夜色中

他们将不计代价地盛放

如同此刻，林间奔涌着

紫红色葡萄籽般不竭的热情

直到多年后的又一个夜晚

曾经的少年们将乘着飘摇的小船

返回，在恍若听见的微弱的水声中

在用旧的生活之后

看夜色从池塘中升起
看树木在远方变暗
看它们逐渐成为
放弃自身轮廓的事物

仍在水边滞留的夏季的欢快歌声
再力花和小红莓
那么多并不深邃的告别历历在目

李 美 贞 诗 选

距离

忧郁的、孤独的
犹太人卡夫卡
地窖中的穴鸟
他女友菲莉斯
地窖外飞翔的女人

菲莉斯认为生活中
最重要的是金钱
而卡夫卡说："我写作，所以我活着。"

菲莉斯与卡夫卡的距离越来越远
而她却无比怀念卡夫卡

局限

在语言中
认识自己的局限
我垂下眼帘
火红的帆船像牡丹花一样盛放

潮水与浪花

白天与黑夜

在宇宙中翻转交替

轻松

自如

没有局限

周 簌 诗 选

轨道

他们偶然出现，在淡琥珀色的下午

无以名状的意识中

阳光析出羊茅微紫的尖芒

毛绒明亮着，跳跃，紫雾一样的色块

路人从他们两侧走过

而后又并肩在一起。微妙的轻松

他们坐在羊茅丛下的阴凉里

分吃了一个橙子。燥热的旷野

突涌一阵愉悦的清凉

他们的相遇，像是为了更好地分别

贫瘠的生活，难以支撑灵魂的想象

距离之美的尽头，是黯淡的荒原

他们曾经因灵魂的契约，一路同行

又在一条岔路前

极速走入两种不同的孤独

荒原之上，一盏孤灯。熄灭

爱，曾令他们丰饶，卑微

爱也曾令他们，最终回到各自的轨道

宋 楹 诗 选

一天的时间总有弓弦被拉开

一天的时间
总有弓弦被拉开
淬毒的箭擦着杯沿飞
飞向十一点
命悬在五点和六点间
你垂下头搜索着天气

多年不遇的大雪铺天盖地
掩盖住命里的残伤
你抓起一把雪抛出去

一个沉默的人
一路下着雪
回到了明亮的少年

把你拥抱成我们

是谁在慢慢靠近
我孤单的手不再叹息
我闭上眼等待光芒涌入

一朵花

可以炸开黑暗

我一跃而起

把你拥抱成我们

花　语　诗　选

风为什么老是叨扰树叶

风，喜欢串门
风，喜欢在四季的巷子里
抽刀断水
遛完人间，再遛自己

风喜欢写诗，涂涂改改
那时绿时黄时褐
时而深褐的树叶
都是风犹豫不决
把心事写在树叶上

当你听到树叶沙沙发出声响
那是风在找树叶谈话
到底是走是留，是爱还是不爱
所有放不下的、攥不实的
都是无法抱在怀里
哭过，痛过
要隐忍着沦陷
反复叨扰的

路　亚　诗　选

河岸

绿手指垂下，埋进上一季流水
世界隐退到喧嚣的对岸

水面上掠过一声鸟鸣
一个溺水的灵魂被抱出水面

我在岸边的榕树上寻找那只鸟
鸟鸣因我的一再侧耳而存在

我从流水的永不停歇里获得绝望
又在鸟鸣里获得了希望

而从不发光的石头沉默着
保持着恒温，稳稳地坐在岸边

一枚枚松塔枯卧在河岸的树下
获得了长久的寂静

马 文 秀 诗 选

雪白的鸽子

深情的对唱，让雪白的鸽子
在彼此的眼中找到了天空

从那座山飞往了这座山
飞行的轨迹是一朵玫瑰的形状
开在了过去也开在了未来

只有此时，我们或许意识到
曾经离去的背影过于锋利
划开了夜色一道口

多年来，我们带着故乡的星辰
在漆黑中走向远方

却不知道彼此遥望时
折射出的光芒，比自身还耀眼

柏 亚 利 诗 选

启迪

你有时候没来这条河
是与同伴嬉戏在深圳湾的红树林
我会去那里寻找你的身影
史料上记载，古代六品官服所绣
是你的图案，代表公正、廉洁
你不像别的鸟类鸣叫
只用行动代替言语
你的飞行、漫步和亭亭玉立
无一不是优雅的代名词
我，读懂了你的冰清玉洁
我看明白了
这无数只你们
每一只不是你
每一只都是你

林 丽 筠 诗 选

致你

不，我不会逃遁。我仍在
世界之中。作为时间
歌唱的光子，一粒，我负责
独特的声部——
就像每天擦洗锅台，写下诗行
——在人类飞逝的合唱中

世界

我们走在里面

像未成形的小鸡走着
在蛋黄混沌的梦境

大　梦　诗　选

无题

低吟的猛兽

被困于黑盒子之中

同频的嘶吼

引不来相似的影射

受限的空间

近似真空的密度

诡秘的光影

在拨开一层层叠加后

尽显无望

孤帆

一片孤帆

在液体的琥珀中漂泊

时而被藏在暗处的巨物试图吞食

时而在风浪停歇时撤下遮蔽

它从不乞求岸上的补给

也不需要旁观者的回望

它只寄心于无止境的海域

与洒满星星的穹顶

若你也是一片孤帆

请别靠岸

微 雨 含 烟 诗 选

通信时代

那时候，我们互相写信
寄出去，就开始盼望
那时候，收发室都是年纪大的人
抖抖嗦嗦将信从窗口递出来

絮叨的文字
一路要突破风雨的敲打和推搡
经过暗无天日的黑麻袋，才会到达
所以每次，我们写得都很长

就连，很幼稚的话也要写下来
郑重其事地做个回答
讲讲每天所发生的，讲讲
你所在的远方和我所在的家乡
我们在同一个月亮下写字
写着写着，就把各自
写得音信全无

王　志　贤　诗　选

让这无痕的大雪把我埋葬吧

这一刻　我宁静了
痛苦的心与雪地贴在一起
让心灵变得冰清玉洁
让这无痕大雪把我埋葬吧

这一夜　不想回去了
洁白的被子把我紧紧包裹
告别这纷纷扰扰的世界
让身心获得短暂的歇息

这一天　我想明白了
即使殚精竭虑
也填不满狼的贪欲
唯有诗歌能给我慰藉

我要砸碎这无情的枷锁
我要摧毁这超负荷的战车
不再关注这世间颠倒的红尘
去追寻天堂里扶助众生的神

我本不属于雪乡

多么渴望大雪把我埋葬

让我凤凰涅槃获得重生吧

去品味月儿的圆填补月儿的缺

冰 虹 诗 选

第五季

这一季

我在云上在水中

在一匹风驰电掣的白马上

死而复生

愈合伤口　革心净面

在死亡的背面打开内心的经卷

这一季

我踏着海波逆流而去

在一个金色的村庄生根落地

万物生长，绿意萌发

夜空的皓月又圆又亮

我播种的种子全都发芽

这一季

我居住在月光里

生长清露清风青草

流水和鸟儿的啼鸣

从一颗琥珀里

向鲜花行走　向彩虹飞翔

芦苇诗选

草履虫

小小，小小的
小到让人看不见

悄悄，悄悄的
悄到几乎没人能发现

轻轻，轻轻的
轻到几乎没有分贝

草履虫，踩着草
踩着空气的高跷
踩着波光粼粼的水面

你来了，悄无声息地走进春天
走进阳光下的阴影
走进墙角的花坛

你和鲜花一起歌唱
鲜花里的笑颜，有你
草丛里的羞怯，有你
浮萍摆动的涟漪，也有你

你呀，无处不在

无处不爱

只要有土壤，有空气，有阳光

就有你留下的鞋履

悄然伸了过去，一闪身

又跨了过去

把一只履，变成两只履，N只履……

变成大自然

无数小生命延续的脚印

陈　莉　婵　诗　选

盐

咸咸的海水常常引我望向
水天一色处

如今我将目光收回来
回到家中厨房，撒一小撮盐到翻滚的汤里

不小心洒出的盐在逆光中闪着刺眼的白
每一粒析出的晶体都是大海凝结的
泪滴

昨日大海停止了哭泣，它拖着黑色的污流
举起浪头，一下下打在空中

我用手蘸了一下盐，放进嘴里
再次听到了大海的吼声

高　林　燕　诗　选

第一次见母亲签字

第一次见母亲签字
是在她的白内障手术通知单上
楊普雲
她写的竟是繁体字
四十多年了
我才留意

这让我对母亲感到既神秘又好奇
她来自那个遥远的过去
而我们
是被抛入这个世界的

周　丽　诗　选

草坪上的姐弟俩

阳光抚触大地的头发

公园漾起金色碎片

孩童的欢笑声

乘着风在我耳边涨潮

一家人走进温馨画面

妈妈推着儿童车艰难行走

围绕在身边的姐姐

欢快地踏着柔软的步子

草坪上的故事　温暖又悠长

儿童车里的弟弟眨着稚嫩的眼睛

始终不愿离开安逸之地

妈妈和姐姐张开怀抱

想将弟弟抱出

终被倔强与调皮原路打回

远处走来的中年男子

却不是爸爸

我猜

男孩是在等待爸爸的拥抱

期待在蓝天　与云朵纠缠

沈 璐 容 诗 选

野马

没有人能够
靠近一匹脱缰的野马
哪怕它正低着头
肆无忌惮吃着草

飞鸟试图停在马背
却被仰头后的嘶鸣声
惊吓得飞出闪电的模样
眼前只剩飘落的鸟毛

手上的长缰攥不住
眼帘里尽是那低头吃草的野马
此刻，他成了被驯服的
化身为马，奋力一踢，奔向下一个草原

查 文 瑾 诗 选

梦里有人问我你的手机号

醒来后
长出一口气
幸好没把你的手机号
留给梦里的那个人

存在感

我一生
干过的最大的事
就是在小小的地球上
写小小的诗
每一粒尘埃自有宇宙
每一粒种子自有乾坤
而我所做的一切
不过是把种子
埋进尘埃里

吕　布　布　诗　选

与奥登不同的散步之路

——读《奥登传》有感

他喜欢在煤气厂一带散步，那里正
是河边纤道最阴暗的地方，着装随意甚
至显得邋遢——像一个生活在工业区的极
平凡之辈，童年喜欢铅矿以至于让

身边人误认为"这孩子天性热爱科学"，以后
他也坚持不放过任何非诗意的名词，用
他的威士忌、他的口全然自信说出来，一切
看上去浪漫的事物在他这都消隐于矿井之

光，糟粕营养他，精华净化他，甚至他
觉得诗人要有股票经纪人的样子，而我
喜欢在有阳光洒照的林间路散步，贪溺于
大自然温暖可爱时的风景，超生气闹钟像

红色蜘蛛侠站在梦的窗口，我大喊我先
走了，早起的虫儿被早起的鸟儿吃掉，我的
圆周运动突然加强了力的作用，我没有
直线可走，如何沿切线飞出不必反复跳绳

不散步时，我常常经过奥登象征过的硬
风景，我写下美和不美的散与不散，直到
身心重新回归属于我的那条绿道，树上寄
生的兰花不会影响我，整体性的美丽激励

着我，虽然夏天真的太讨厌了，一次旗袍都
没穿过就已结束，秋天来了，也许秋天我
会选择奥登的那套路线走一走，专挑那些破
烂、灰暗、城市的疲惫处，和变了的词一起

米 祖 诗 选

第一象限

很长一段时间，互不说话
各自在自己黑夜的轴程上行走
破晓晨风处，我们在一个90度的小镇相遇
互道早安。曦光与木质发卡
继续躺在发丛里。想想还真是累了
需要做一些停靠，一个不慌不忙的拥抱
前面就是一片绿洲了。放眼望去
宽阔处的小木屋旁，溪水的歌唱那么喜悦
花木从屋檐下侧身探出头来
家禽在草地上打听我们匆忙的足音
你的手势扬在时空里，似乎又要跟我告别
我没去矫正一棵凌霄花向上攀缘的姿势
木格的窗牖已经形成无数个象限
不，只要我们的坐标定在春天
无论你走向哪里，无论我停在哪里
我们都在一片绿色的原野
晨昏四季。一些刚刚发芽的故事
总是会按照自己的秩序走向时光深处
抵达你认定的远方

朱 熳 青 诗 选

梦的复刻

默认的虚妄，紧紧拽着我
沉沦在日与夜、白与黑的区间
暧昧不清，对谈、争吵、呐喊
追问……和声和弦乐的交织
一幕幕浮现的陈旧往事

对我好，帮我实现这个梦
生命堆积了太多无效的秘密
你迷幻空灵的嗓音，是梦的复刻
被追逐的梦境，朦胧雾气下的
喃喃自语，无法停止的

坠落，难以挣扎剥离
被错别字咬伤，解毒剂
渗透的无限性，依附于
历史的企图，转身以后是
陌生的风暴，今夜沉醉于你的

视线中，远去的历史故事
被你的艳丽压迫得无法

翻阅，爱的容量无限大
奔向大海的黑骏马，复杂的
过程，抵达曲折的真理

悲剧的云朵，俯视地球发生的
一切，火花与蝴蝶在闪动
弥留在星空里的火焰，故乡被
过去的时光推得越来越远，成为
梦中的神话，今夜一起坠落

一　梅　诗　选

你慢点

一片叶子飘落
为了能与风共舞

在微卷的羞涩中
她牵住了风

似乎急着要去拥抱
轻微的身碎的吱吱声

"你慢点"
风说

我们还有后半生
去厮磨

风在风中停了一停
叶子在空中也停了一停

从树枝到地面
这缠绵
与陨落

也停了一停

黄　晶　晶　诗　选

借我一场秋

借我一场秋

要明媚

要走在长松菇、长棕色栗子的树林

要我和你一起先慢悠悠地走

再失了影儿地跑，再在有些枯黄的草地上

你睁开眼睛，深吸一口气后

你越过唇，吻我鼻尖

稍后的，轻烟似的云飘过林子

你读我喜欢的诗

天知道那时我真正在意的是什么

我看你低垂的双眼，看你精瘦有力量的脖子

你想让我回你吻吗？

大多数时候，我并不遂你的心愿

我装作不知地躺你怀里

你继续读那首诗，喃喃地吐露着语词

刘　流　诗　选

我铺开纸写下火焰

不写颜色，也不写火焰
纸上都是些没有边框的事物
一定要写得慢一点
才能准确抓住一个逗号
将年轻的父母，从句子里搀扶出来

再把流水写过头顶
屋顶变轻了，建房子的父亲
不用费劲
就可以守住一朵云

我铺开纸写下的火焰
有豹子一样的骨骼
我要把它写得重一点
这样它的尾巴
才会带着整个天空乱颤

陈 丹 诗 选

蛐蛐

当秋虫又一次从遥远的河岸响起
在我耳畔的是那些夜晚
我们就着昏黄的瓦斯灯
围在一张松木桌前写作业
外祖母拉灭厨房的灯，身后一片黑
脚步声迟滞，重重地由远而近
蛐蛐先是噤声，然后小心翼翼地叫着
在我们不知道的地方
一点点放大自己的声音
我曾经每夜静听蛐蛐声
我疑心天亮后屋子里没有蛐蛐声
即使是寂静的时刻。我们刚刚争吵过
没人说话时，蛐蛐一声长过一声地
放大自己的声音
这时从遥远的河岸响起蛐蛐平稳的声音
最好的声音
在水上浮起。我听见了你的呼吸
来到我屋子里。即使只能这样
是否正是失去才值得珍爱
你抬头看霓虹灯，隔着河岸。而它们
并不在我这里。我只看到回忆
灯还是很久以前的样子，蛐蛐声响起

第八辑

诗 的 孩 子

朵 朵 （ 1 4 岁 ） 诗 选

眼疮

疮长在身上只是疼

我生来第一次患上眼疮

人一分钟眨二十多次眼睛

每眨一下眼睛就疼一下

每眨一下眼睛

看到的世界也疼一下

误入迷宫

本是一家游乐场

想进去玩儿

结果误入了迷宫

转来转去怎么也出不来

外面的世界只有一墙之隔

我就是出不去

最后我急中生智

激怒了管理员

他把我赶了出去

海 菁 （ １ ３ 岁 ） 诗 选

永动机

镜子里有一个我

镜子里的我的眼睛里会照出一个镜子里的我

镜子里的我的眼睛里照出的一个镜子里的我的眼睛里

会照出一个镜子里的我

唐诗三百首

我去影楼拍全家福

摄影师给我一本

看上去很古朴的

唐诗三百首

让我假装阅读

我翻开一看

全是白纸

我只好把自己的诗挪了上去

冷

姥姥从冷柜里拿出一条鱼

鱼死得好冷

朱雨晗（8岁）诗选

为什么

八卦岭
为什么叫八卦岭
是因为山里有很多八卦吗

红岭北
为什么叫红岭北
是因为山的北面是红色的吗

笋岗
为什么叫笋岗
是因为那里有很多笋吗

洪湖
为什么叫洪湖
是因为那里的湖经常有洪水吗

田贝
为什么叫田贝
是因为那里的田里有很多贝壳吗

妈妈的孩子

妈妈不可能

有十二个孩子

她会累死的

她最多只有两个孩子

一个叫朱雨晗

一个叫朱涵宇

旅游

我的牙

去旅游了

好久没有回来

是不是玩得开心

忘记了回家呢

影子

我有一个朋友

它叫影子

我去哪

它就去哪

我戴兔耳朵

它也戴兔耳朵

我们真有默契

王 星 允 （ ４ 岁 ） 诗 选

我对雨说

雨啊　不要再下了
小树们都已经喝饱啦

好吃痣

我嘴角有颗痣
妈妈说那叫好吃痣
好吃痣
你是不是认错我和妹妹
妹妹才是那个贪吃的人

如果我有一个魔法棒

如果我有一个魔法棒
我要把自己变回妈妈的肚子里
这样就可以一直跟妈妈在一起

爱喝水的鱼

妈妈
浴缸里的鱼为什么一直在喝水
它那么渴吗

兔子跑了

我每天给兔子喂那么多好吃的
对它那么好
它为什么还偷跑掉

我喜欢妈妈抱抱

我摔倒了
妈妈抱抱就不疼了
我伤心了
妈妈抱抱就不伤心了
我睡不着了
妈妈抱抱就睡着了
妈妈抱抱
能治好我所有的病

王 星 捷 （ 4 岁 ） 诗 选

速度

火车开得再快
也比不上
我奔向妈妈怀抱的速度

来钱猫

我在公园里遇到一只猫
我请它一起玩抓娃娃机
走的时候它给我10块钱
我给它起个名字
来钱猫

树的生命

树叶得了光头病
我在想它什么时候才能好起来
当我看到了它身上的营养袋
我就放心了

姐姐

当我出生时，身边躺着两个人
我分不清谁是妈妈，谁是姐姐
突然那个小的踹了我一脚
从此我便认识了姐姐

会跳舞的树叶

妈妈
我的手开始不安静了
你看
树叶在我手心里跳舞

狐狸

桃子好香啊
姐姐
你能不能别吵我了
你现在就像那只
骗乌鸦张嘴的狐狸

何 孝 乔 （ 4 岁 ） 诗 选

影子

小兔子在墙上
留下一个印章

草莓

草莓像消防车一样
是红色的
草莓好吃
消防车也好吃

风死了

风是不是死了

（注：何孝乔2岁时说出的诗，因为风扇突然不转到他那一
边，他吹不到风。）

牛奶味的猫

蕉哥的毛白白的
是牛奶味的
嘟嘟也是牛奶味的

（注：何孝乔2岁时说出的诗。蕉哥是家里的大白猫，嘟嘟是家里另一只带白色的三花猫。他一边摸着猫一边说下这些话。）

铁 头 （ １ ８ 岁 ） 诗 选

涉灵题

这是一道涉灵题

不打雷只有闪电的天空是没有灵魂的

就像吃油条不沾豆腐脑一样

就像吃手抓饼不加肠一样

希望老天爷以后注意点

别再为难人类了

就像眼前这个乌云密布的天空

只听到雷声

没有看见闪电

因为我相信

不打雷只有闪电的天空是没有灵魂的

学会愤怒

所有的东西都需要学会愤怒

乌云要学会愤怒

大树要学会愤怒

小草要学会愤怒

婴儿也要学会愤怒

因此

乌云练习愤怒

大雨前它送出雷霆的咆哮

大树练习愤怒

把它所有树叶全部甩光

小草练习愤怒

让自己枯萎变成光头

把自己美丽去掉

而婴儿练习愤怒

除了哭还是哭

所以由此而知

婴儿没有愤怒的天赋

姜 二 嫚 （ 1 7 岁 ） 诗 选

路上

在楼下躲雨

见一个女孩没打伞

不紧不慢地

在雨里走

我想她可能失恋了吧

但如果你发现

有太多失恋的人

都没有打伞

走在路上

那其实说明雨

早就

已经停了

第 10 名之外

跑了一个亲子马拉松

快到终点时

有个小男孩冲我喊

你不用跑了

前10名都跑完了

名额已经够了

游 若 昕 （ 1 8 岁 ） 诗 选

睫毛

两根睫毛

掉进了

眼睛

怎么挤

都挤不出来

用棉签沾出来

我又不敢

在网上

搜索解决办法

有说

让眼泪

把睫毛

带出来

我怎么想

伤心的事

都哭不出来

只好

搜了一个

催泪视频

看着看着

终于

哭了出来
突然感觉眼睛
有异物感
用手一揉
两根睫毛
出现在了
我的
手指上

聂 晚 舟 （12岁） 诗 选

在天上选妈妈

零岁的时候
我在天上飞来飞去
选妈妈

地上的妈妈
比天上的星星
还要多
选得我眼睛都花了

不如闭上眼睛
跳进妈妈群中吧

于是
我砸中了一个妈妈
她叫周小华

在营地吃火锅

火锅就是一片
沸腾的红海
海里游动着
毛肚、火腿和香肠

我的筷子伸进去
像一根
来自云端的钓竿
钓起毛肚给爸爸
钓起火腿给妈妈
钓起香肠给自己

钓起欢声笑语
给天上的月亮
月亮啊，你怎么饿得
这么瘦

王 清 扬 （ 8 岁 ） 诗 选

雾

追着雾往前走
雾都吓跑了
爷爷你看
那些人的魂
都丢在身后啦

蜗牛

我把蜗牛身上的房子
搬下来
它就不累了
蜗牛不背房子
向前爬行却难了

朱 洪 恩 （ 3 岁 ） 诗 选

缆车

妈妈带我坐缆车
缆车很懒
没方向盘
还走得慢

它像一个个灯笼
挂得高高的
而我们躲在里面
用力发光

味道

切开的薄苹果
像圆形
啃一口
吃到月亮了
甜甜的

那星星是啥味呢
我拿着星星饼干
兴奋地告诉妈妈
星星在我嘴里
也是甜甜的

李芊墨（9岁）诗选

风

等风到来的时候
我总是很开心
因为风到来的时候
草和树都摇摇摆摆的
看起来很美
风到来的时候
我总是拥抱着它
风到来的时候
我身上的汗滴会被风带走
我喜欢风

星星

如果我见到一颗星星
我就会把他从天空摘下
然后把他关在笼子里
不让他跑掉……
我每天都和星星在一起
跟他玩

跟他吃饭

也跟他睡觉

当我跟星星散步的时候

我拿出一根绳子

我绑着他，不让他跑走

我爱这颗星星

何 筱 柚 （ 8 岁 ） 诗 选

流鼻血

半夜我流鼻血
我的枕头和被子
都生病了

早上起床
妈妈把枕头跟被子
放到洗衣机里面
去治疗

想

小baby想上幼儿园
幼儿园的想上小学
小学的想上班
上班的想退休